素质能力本位课程特色教材
供高职高专护理及相关医学类专业用

护理基本技术实训指导

HULI JIBEN JISHU SHIXUN ZHIDAO

主　编　方仕婷

副主编　周红娣　应茉薇

编　委　（以姓氏笔画为序）

方仕婷　宁波天一职业技术学院护理学院
应茉薇　宁波天一职业技术学院护理学院
张　洁　宁波天一职业技术学院护理学院
周红娣　宁波大学附属医院
贺亚娟　宁波妇女儿童医院
袁　葵　宁波天一职业技术学院护理学院
夏雅雄　宁波天一职业技术学院护理学院
郭玲玲　宁波天一职业技术学院护理学院
曹　蕾　宁波天一职业技术学院护理学院

秘　书　郭玲玲

人民軍醫出版社
PEOPLE'S MILITARY MEDICAL PRESS
北　京

图书在版编目(CIP)数据

护理基本技术实训指导/方仕婷主编. 一北京:人民军医出版社,2014.2
素质能力本位课程特色教材
ISBN 978-7-5091-4656-9

Ⅰ.①护… Ⅱ.①方… Ⅲ.护理一技术一高等学校:技术学校一教材 Ⅳ.①R472

中国版本图书馆 CIP 数据核字(2011)第 024953 号

策划编辑:徐卓立 **文字编辑**:魏 新 **责任审读**:周晓洲
出版发行:人民军医出版社 **经销**:新华书店
通信地址:北京市 100036 信箱 188 分箱 **邮编**:100036
质量反馈电话:(010)51927290;(010)51927283
邮购电话:(010)51927252
策划编辑电话:(010)51927300—8743
网址:www.pmmp.com.cn

印、装:京南印刷厂
开本:787mm×1092mm 1/16
印张:9.75 **字数**:232 千字
版、印次:2014 年 2 月第 1 版第 3 次印刷
印数:4431—6430
定价:26.00 元

内容提要

本书由宁波天一职业技术学院根据自编教材多次修订而成。全书分为四部分，分别介绍27项护理基本技术的实训方式、实训准备、实训内容、注意事项及操作流程；24项护理基本技术的具体考核评分标准；13项实训项目测试题，包括选择题、填空题、简答题、问答题及病例分析等不同题型和参考答案；最后通过15个临床护理案例的综合情景讨论及考核，达到提高学生实际分析和解决临床问题能力的目的。本书可供高职高专护理、助产及相关医学类专业的学生使用。

前 言

《护理学基础》是医学院校展开其他护理专业课程的基石，学生必须熟练掌握本课程的基本理论、基本知识和基本技能才能学好后续一系列专业课。为顺应当代护理学的发展趋势，学校在教学改革上积极推进“素质能力本位”课程体系改革，本着培养“以就业为导向，以素质能力为本位”的应用型护理人才的目标，努力提高学生综合素质和创新能力。为了使高职护理人才的培养更加贴近临床护理工作的需要，我们编写了这本《护理基本技术实训指导》。本教材具有以下特点：

1. 技能的适用性——教材对实训目的、实训方式、实训准备、实训操作步骤及注意事项作了详细的阐述，并与临床护理工作保持一致，使学生所学能直接用于临床实践。

2. 内容的综合性——教材在系统详解护理学基础常用技术的基础上，结合操作原理、方法、注意事项等知识有相应的测试题和病例模拟讨论的问题及考核的项目，以提高学生综合分析问题和解决问题的能力。

3. 素质的贯穿性——教材始终贯穿以人为本的护理理念，注重学生人文素质的培养，从实训目的、内容、考核评分标准都融入人文关怀的要求。

全书共分四部分，第一部分为护理技术实训项目及流程，第二部分为实训项目考核及评分标准，第三部分为实训项目测试题及答案，第四部分为护理综合素质及技术情景讨论和考核。本教材适用于高等医学教育护理、助产专业的学生使用，为实践的带教老师提供规范教学指导资料。

本书在编写过程中得到相关专家和同仁的大力支持，在此表示真挚的感谢。

本书不妥之处恳请专家、同仁惠予指正，以便修改完善。

方仕婷

2011 年 1 月

目 录

第一部分 护理基本技术实训项目及流程……(1)
实训项目一 铺床法……(2)
实训项目二 麻醉床……(6)
实训项目三 卧有病人更换床单法……(8)
实训项目四 口腔护理……(10)
实训项目五 背部护理……(12)
实训项目六 床上洗头……(14)
实训项目七 床上擦浴……(16)
实训项目八 无菌技术……(18)
实训项目九 隔离技术……(21)
实训项目十 生命体征测量法……(24)
实训项目十一 鼻饲法……(28)
实训项目十二 洗胃法……(32)
实训项目十三 皮内注射法……(35)
实训项目十四 皮下注射法……(37)
实训项目十五 肌内注射法……(39)
实训项目十六 静脉注射法……(41)
实训项目十七 雾化吸入法……(43)
实训项目十八 吸氧法……(47)
实训项目十九 吸痰法……(50)
实训项目二十 周围静脉输液术……(52)
实训项目二十一 留置静脉输液术……(55)
实训项目二十二 留置导尿术……(58)
实训项目二十三 大量不保留灌肠术……(61)
实训项目二十四 乙醇拭浴……(63)
实训项目二十五 动脉采集血液标本法……(65)
实训项目二十六 静脉采集血液标本法……(67)

附　真空定量采血器采血法 …………………………………………………………… (67)
实训项目二十七　尸体护理法 …………………………………………………………… (70)
第二部分　护理学基本技术实训项目考核及评分标准 ………………………………… (73)
考核项目一　备用床、暂空床操作考核及评分标准…………………………………… (74)
考核项目二　麻醉床操作考核及评分标准 ……………………………………………… (75)
考核项目三　卧有病人更换床单法操作考核及评分标准 ……………………………… (76)
考核项目四　口腔护理操作考核及评分标准 …………………………………………… (77)
考核项目五　背部护理操作考核及评分标准 …………………………………………… (78)
考核项目六　头发护理操作考核及评分标准 …………………………………………… (79)
考核项目七　床上擦浴操作考核及评分标准 …………………………………………… (80)
考核项目八　无菌技术操作考核及评分标准 …………………………………………… (81)
考核项目九　穿、脱隔离衣操作考核及评分标准………………………………………… (82)
考核项目十　生命体征测量操作考核及评分标准 ……………………………………… (83)
考核项目十一　鼻饲法操作考核及评分标准 …………………………………………… (84)
考核项目十二　洗胃法操作考核及评分标准 …………………………………………… (85)
考核项目十三　皮内注射法操作考核及评分标准 ……………………………………… (86)
考核项目十四　皮下、肌内注射法操作考核及评分标准 ……………………………… (87)
考核项目十五　静脉注射法操作考核及评分标准 ……………………………………… (88)
考核项目十六　吸氧法操作考核及评分标准 …………………………………………… (89)
考核项目十七　气管内吸痰法操作考核及评分标准 …………………………………… (90)
考核项目十八　周围静脉输液法操作考核及评分标准 ………………………………… (91)
考核项目十九　留置静脉输液法操作考核及评分标准 ………………………………… (92)
考核项目二十　女病人导尿术操作考核及评分标准 …………………………………… (93)
考核项目二十一　大量不保留灌肠法操作考核及评分标准 …………………………… (94)
考核项目二十二　静脉采集血液标本法操作考核及评分标准 ………………………… (95)
考核项目二十三　动脉采集血液标本法操作考核及评分标准 ………………………… (96)
考核项目二十四　尸体护理法操作考核及评分标准 …………………………………… (97)
第三部分　护理基本技术实训项目测试题及答案 ……………………………………… (99)
第1单元　实训项目测试题……………………………………………………………… (100)
一、铺床法测试题 ……………………………………………………………………… (100)
二、清洁护理测试题 …………………………………………………………………… (102)
三、无菌、隔离技术操作测试题………………………………………………………… (104)
四、生命体征测量法测试题 …………………………………………………………… (105)
五、鼻饲法测试题 ……………………………………………………………………… (108)
六、洗胃法测试题 ……………………………………………………………………… (110)

七、给药法测试题 ……………………………………………………………… (112)
八、吸氧法、吸痰法测试题…………………………………………………… (115)
九、静脉输液法测试题 ………………………………………………………… (117)
十、导尿术、灌肠术测试题…………………………………………………… (121)
十一、冷、热疗法测试题……………………………………………………… (125)
十二、血液标本采集法测试题 ………………………………………………… (128)
十三、尸体护理法测试题 ……………………………………………………… (128)
第2单元　实训项目测试题答案……………………………………………… (131)
一、铺床法护理测试题答案 …………………………………………………… (131)
二、清洁护理测试题答案 ……………………………………………………… (131)
三、无菌、隔离技术操作测试题答案…………………………………………… (132)
四、生命体征测量法测试题答案 ……………………………………………… (133)
五、鼻饲法测试题答案 ………………………………………………………… (134)
六、洗胃法测试题答案 ………………………………………………………… (135)
七、给药法测试题答案 ………………………………………………………… (135)
八、吸氧法、吸痰法测试题答案……………………………………………… (136)
九、静脉输液法测试题答案 …………………………………………………… (137)
十、导尿术、灌肠术测试题答案……………………………………………… (138)
十一、冷、热疗法测试题答案………………………………………………… (140)
十二、血液标本采集法测试题答案…………………………………………… (141)
十三、尸体护理法测试题答案 ………………………………………………… (141)
第四部分　护理综合素质技术情景讨论和考核…………………………… (143)
一、护理程序 …………………………………………………………………… (144)
二、生活护理 …………………………………………………………………… (145)
三、舒适护理 …………………………………………………………………… (146)
四、治疗护理 …………………………………………………………………… (146)
五、导管护理 …………………………………………………………………… (147)
六、危重病人护理 ……………………………………………………………… (147)
参考文献……………………………………………………………………… (148)

第一部分

护理基本技术实训项目及流程

实训项目一 铺 床 法

(一)备用床

【实训目的】

1.陈述备用床的目的、方法、注意事项。

2.学会铺备用床的方法。

3.阐述铺备用床的注意事项。

【实训时间】 1学时。

【实训方式】

教师示教后,学生分2～4人一组,在教师指导下同学之间相互练习,同时多媒体循环播放这一操作的真实情景录像片,操作后学生书写实验报告。

【实训准备】

1.护士准备 衣帽整洁,洗手、戴口罩。

2.用物准备 床、床垫、床褥、大单、被套(如系被单式应将被套换为两条大单,作衬单和罩单用)、弹力絮被或毛毯、枕套、枕芯。

3.环境准备 病床是否完好、安全、舒适;床上用物是否洁净、齐全;床旁设施完好;铺床不能影响周围病人的治疗、进餐或休息。

【实训内容】

1.备齐用物,推至床旁。

2.移开床旁桌,距床约20cm,移椅子至床尾正中,距床约15cm,将用物按序放于椅上。

3.检查床垫,将床垫从床头向床尾或床尾向床头翻转床垫,避免某局部床垫因长时间受压而凹陷,铺床褥在床垫上,上缘靠床头。

4.取大单放于床褥上,中线与床中线对齐,分别展开,正面向上,一手托起床垫,一手伸过床头中线,将大单包塞于床垫下。在距床头约30cm处,向上提起大单边缘,使其同床边垂直,呈等边三角形;以床沿为界,将三角形分为两半。上半三角形暂时覆盖于床上,将下半三角平整地塞于床垫下,再将上半三角翻下,塞于床垫下至床尾拉紧大单,同法铺好床角;拉紧大单中部,双手掌心向上,将大单平塞于床垫下;转至对侧,同法铺好大单。

5.在同侧取已折叠好的被套,距床头约一臂距离放置,开口端向床尾,中线与床中线对齐,正面向外平铺于床上;拉开被套开口端上层,将折好的弹力絮被置于被套内,底边同被套开口边平齐;拉弹力絮被上缘至被套封口处;将竖折的弹力絮被向两边展开,与被套平齐,对好两上角,被头与床头平齐;至床尾逐层拉平被套和弹力絮被,搭好雌雄扣;将盖被边缘向内折叠与床沿平齐,折成被筒,尾端向内折叠与床尾平。

6.于床尾处套枕套。拍松枕芯,使枕头平整、四角充实至床头,开口处背门。

7.移回桌椅,洗手。

【注意事项】

1. 病人进餐或治疗时应暂停铺床。

2. 铺床时尽可能通风，动作要轻，以免病原体随空气流动传播。

3. 床角应整齐、美观，床单平紧，无皱褶。

4. 大单、被套、枕套等中线与床中线对齐，平整、美观。

5. 棉絮应与被套平齐、紧贴，避免头端空虚。

6. 操作者注意节力原则双脚分开，身体靠近床边，上身保持直立，两膝稍屈，确保身体平稳；动作平稳有节律，避免多次走动。

【操作流程】

准备工作：
- 环境准备
- 用物准备（图1-1-1）
- 工作人员准备

↓

移桌椅，放用物于床尾椅上

↓

检查床垫，铺上大单，展开，正面向上。包床头及床尾角；转至对侧，同法铺好大单

↓

取被套，齐床头放置打开，将弹力絮被置于被套内展开，搭好雌雄扣，拆成被筒

↓

套枕套，至床头，开口处背门放置

↓

移回桌椅，洗手，记录（图1-1-2）

图 1-1-1　备用床用物

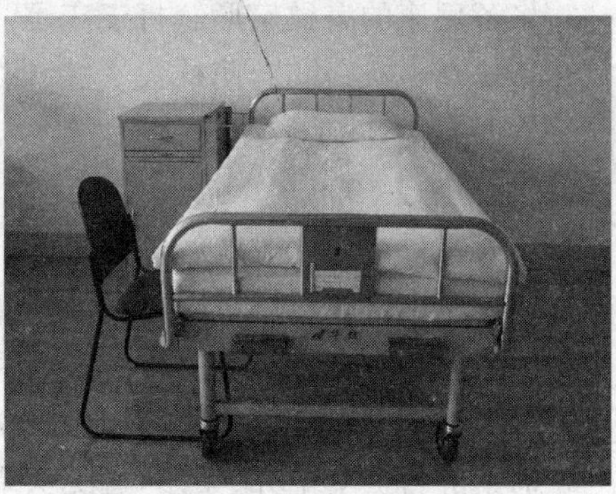

图 1-1-2　备用床

(二)暂空床

【实训目的】

1. 陈述暂空床的目的、方法、注意事项。

2. 学会铺暂空床的方法。

3. 阐述铺暂空床的注意事项。

【实训时间】　1 学时。

【实训方式】

教师示教后，学生分 2～4 人一组，在教师指导下同学之间相互练习，同时多媒体循环播放

这一操作的真实情景录像片，操作后学生书写实验报告。

【实训准备】

1. 护士准备　衣帽整洁，洗手、戴口罩。

2. 用物准备　床、床垫、床褥、大单、被套、弹力絮被或毛毯、枕套、枕芯，必要时备塑胶中单和中单或一次性中单。

3. 环境准备　病床是否完好、安全、舒适；床上用物是否洁净、齐全；床旁设施完好；铺床不能影响周围病人的治疗、进餐或休息。

【实训内容】

1. 备齐用物，推至床旁。

2. 移开床旁桌，距床约 20cm，移椅子至床尾正中，距床约 15cm，以使操作时有足够的空间，将用物按序放于椅上。

3. 检查床垫，将床垫从床头向床尾或床尾向床头翻转床垫，避免某局部床垫因长时间受压而凹陷，铺床褥在床垫上，上缘靠床头。

4. 取大单放于床褥上，中线与床中线对齐，分别展开，正面向上，一手托起床垫，一手伸过床头中线，将大单包塞于床垫下，包好同侧床角。

5. 必要时铺塑胶中单和中单或一次性中单，上缘距床头 45～50cm，中线与床中线对齐。两单边缘下垂部分一起平整地塞入床垫下。转至对侧，同法铺好对侧床角和中单。

6. 在同侧取已折叠好的被套，距床头约一臂距离放置，开口端向床尾，中线与床中线对齐，正面向外平铺于床上；拉开被套开口端上层，铺好棉絮，折成被筒，尾端向内折叠与床尾平。

7. 将备用床的盖被扇形三折于床尾，并使之平齐。

8. 套枕套，拍松枕芯，使枕头平整、四角充实至床头，开口处背门。

9. 移回桌椅，洗手。

【注意事项】

1. 病人进餐或治疗时应暂停铺床。

2. 铺床时尽可能通风，动作要轻，以免病原体随空气流动传播。

3. 床角应整齐、美观、不易松散，床单平紧，无皱褶。

4. 大单、被套、枕套等中线与床中线对齐，平整、美观。

5. 棉絮应与被套平齐、紧贴，避免头端空虚。

6. 操作者注意节力原则双脚分开，身体靠近床边，上身保持直立，两膝稍屈，确保身体平稳；动作平稳有节律，避免多次走动。

【操作流程】

准备工作：
- 环境准备
- 用物准备（图1-1-3）
- 工作人员准备

⇩

移桌椅，放用物于床尾椅上

⇩

检查床垫，铺上大单，展开，正面向上。包床头及床尾角；转至对侧，同法铺好大单。必要时铺塑胶中单和中单或一次性中单

⇩

取被套，齐床头放置打开，将弹力絮被置于被套内展开，搭好雌雄扣，折成被筒，将盖被扇形三折于床尾

⇩

套枕套，至床头，开口处背门放置

⇩

移回桌椅，洗手记录（图1-1-4）

图 1-1-3　暂空床用物

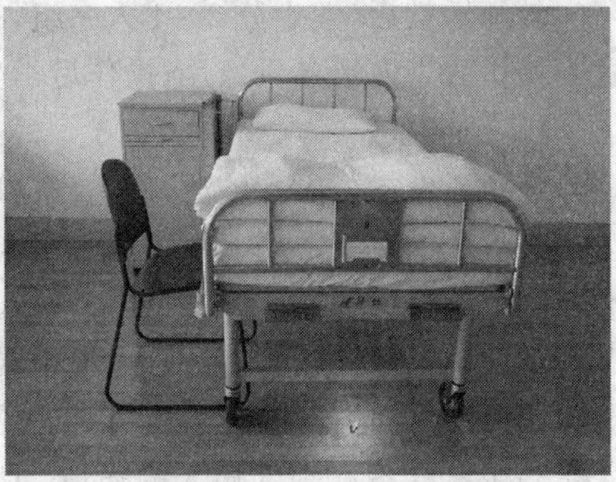

图 1-1-4　暂空床

实训项目二 麻 醉 床

【实训目的】

1. 叙述麻醉床的目的、方法、注意事项。

2. 学会铺麻醉床的方法。

3. 阐述铺麻醉床的注意事项。

【实训时间】 2学时。

【实训方式】

教师示教后，学生分2～4人一组，在教师指导下同学之间相互练习，同时多媒体循环播放这一操作的真实情景录像片，操作后学生书写实验报告。

【实训准备】

1. 护士准备 衣帽整洁，洗手、戴口罩。

2. 用物准备 ①床上用物同备用床，另加塑胶中单和中单各2条或另加一次性中单2条。②麻醉护理盘内备：无菌巾内置张口器、压舌板、舌钳、牙垫、治疗碗、镊子、输氧导管、吸痰导管和纱布数块；无菌巾外放血压计、听诊器、护理记录单和笔、弯盘、棉签、胶布、手电筒、别针等。③输液架，必要时备吸痰器、氧气筒，按需备热水袋加布套、毛毯。

3. 环境准备 手术病人的病情、手术部位与麻醉种类；铺床用物是否洁净、齐全，正确折叠；床旁设施性能是否完好；铺床是否影响周围病人的治疗、进餐或休息。

【实训步骤】

1. 备齐用物，推至床旁。

2. 移开床旁桌，距床约20cm，移椅子至床尾正中，距床约15cm，以使操作时有足够的空间，将用物按序放于椅上。

3. 检查床垫，将床垫从床头向床尾或床尾向床头翻转床垫，避免某局部床垫因长时间受压而凹陷，铺床褥在床垫上，上缘靠床头。

4. 取大单放于床褥上，中线与床中线对齐，分别展开，正面向上，包好同侧床角。

5. 将一块塑胶中单与中单或一块一次性中单铺于床中部，上缘距床头45～50cm，中线与床中线对齐；另一块塑胶中单和中单或一次性中单铺于床头，使上缘平齐床头，下缘压在中部塑胶中单和中单(一次性中单)上，中线对齐，下垂边缘部分一并塞入床垫下。下肢手术者，可将塑胶中单、中单(一次性中单)铺于床尾；非全麻手术者，只需在床中部铺塑胶中单和中单(一次性中单)。

6. 同法铺对侧大单，塑胶中单和中单(一次性中单)。

7. 在同侧取已折叠好的被套，距床头约一臂距离放置，开口端向床尾，中线与床中线对齐，正面向外平铺于床上；拉开被套开口端上层，铺好棉絮，折成被筒，尾端向内折叠与床尾平。

8. 将盖被扇形三折折叠于一侧床边，开口向着门。

9. 套枕套并拍松枕芯，使枕头平整、四角充实，将枕横立于床头，以防病人躁动，撞击头部而受伤；开口背门。

10.椅子放于盖被折叠侧,便于病人移至床上。放置麻醉护理盘于床旁桌上,以备需要或抢救时能及时取到用物。

【注意事项】

1.病人进餐或治疗时应暂停铺床。

2.铺床时尽可能通风,动作要轻,以免病原体随空气流动传播。

3.床角应整齐、美观、不易松散,床单平紧,无皱褶。

4.大单、被套、枕套等中线与床中线对齐,平整、美观。

5.棉絮应与被套平齐、紧贴,避免头端空虚。

6.操作者注意节力原则双脚分开,身体靠近床边,上身保持直立,两膝稍屈,确保身体平稳;动作平稳有节律,避免多次走动。

【操作流程】

准备工作:
- 环境准备
- 用物准备(图1-2-1)
- 工作人员准备

↓

移桌椅,放用物于床尾椅上

↓

检查床垫,铺上大单,展开。包床头及床尾角;铺塑胶中单和中单或一次性中单,转至对侧,同法铺好大单和中单

↓

取被套,齐床头放置打开,将弹力絮被置于被套内展开,搭好雌雄扣,折成被筒,将盖被扇形三折折叠于一侧床边,开口向着门

↓

套枕套,开口处背门横立于床头

↓

移回桌椅,放置好麻醉护理盘,洗手记录(图1-2-2)

图 1-2-1 麻醉床物品

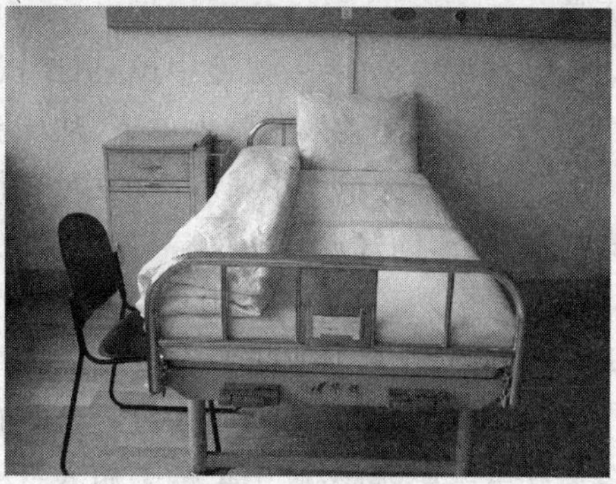

图 1-2-2 麻醉床

实训项目三　卧有病人更换床单法

【实训目的】

1.陈述卧有病人更换床单法的目的、方法、注意事项。

2.学会卧有病人更换床单的方法。

3.阐述卧有病人更换床单法的注意事项。

【实训时间】 2学时。

【实训方式】

教师示教后，学生分2～4人一组，在教师指导下同学之间相互练习，同时多媒体循环播放这一操作的真实情景录像片，操作后学生书写实验报告。

【实训准备】

1.护士准备　衣帽整洁，洗手、戴口罩。

2.用物准备　清洁大单、中单、被套、枕套、床刷（外加布套）或微湿的扫床巾、污衣袋，需要时备清洁衣裤和便器（上盖便器巾）。

3.环境准备　铺床是否影响周围病人的治疗、进餐或休息，拉好床帘。

【实训步骤】

1.核对病人与床尾卡，向病人解释操作的目的、方法，取得病人的配合。

2.移开床旁桌，距床约20cm，移椅子至床尾正中，距床约15cm，将用物按序放于椅上。

3.松开床尾盖被，助病人移向一侧，背向护士，枕移向对侧置于病人头下，松开近侧各层床单。

4.将污中单（污一次性中单）边擦拭塑胶中单边卷入病人身下，将塑胶中单搭在病人身上，将污大单也向上卷入塑胶中单下，从床头至床尾扫净褥上的碎屑。

5.将清洁大单的中线和床的中线对齐，正面向上，将靠近侧的半幅大单展开，另半幅塞于病人的身下，铺好近侧床角。

6.放平塑胶中单，铺上中单（一次性中单），中线对齐，展开近侧半幅，另半幅塞于病人身下，下垂的两中单展平拉紧一并塞入床垫下。

7.移枕至近侧，协助病人翻身，面向护士，转至对侧，松开各单，将污中单（一次性中单）边擦边卷至床尾，将塑胶中单搭于病人身上，将污大单从床头卷至床尾，与中单一并放入污衣袋内；扫净床褥上的碎屑，从病人身下取出清洁大单展平拉紧铺好，然后铺好塑胶中单和中单（一次性中单），助病人仰卧。

8.解开被套尾端系带，从开口处将棉絮被一侧纵行向上折叠1/3，同法折叠对侧棉絮被，手持棉絮被前端，呈“S”形折叠拉出，放于椅上，将清洁被套正面向外平铺于污被套上，同备用床法套好被套后，撤出污被套放入污衣袋内，整理盖被，叠成被筒，为病人盖好，床尾多余的盖被向内折叠与床尾齐。

9.取出枕头，更换枕套，拍松枕头，置于病人头下。

10.协助病人取舒适卧位。

11. 整理污物等；开门窗通风，清除铺床时扬起的粉尘。

【注意事项】

1. 若病人为意识不清者，操作时应设床栏，防止坠床。
2. 扫床时注意扫净枕下及病人身下的碎屑，预防发生压疮。
3. 操作时随时观察病人面色、脉搏、呼吸等情况，注意保暖，防止病人受凉。
4. 若病人有骨折、牵引或有引流管，应加以保护，防止损伤或扭曲引流管及脱管。
5. 污单不可扔在地上，以免污染。
6. 被筒不可太紧，勿使病人足部受压，以防足下垂。
7. 余同备用床。

【操作流程】

准备工作：
- 环境准备
- 用物准备（图1-3-1）
- 工作人员准备

↓

核对、解释

↓

移桌椅，放用物于床尾椅上，松开床尾盖被；移病人，助病人移向一侧，背向护士，松开近侧各层床单

↓

卷各单，扫净褥上的碎屑
换大单、中单按备用床铺法铺好一侧
协助病人翻身，面向护士，转至对侧，同法换好各单（图1-3-2）

↓

换下污被套，套上清洁被套，整理盖被，铺成被筒换枕套，枕头置于病人头下

↓

协助取体位，移回桌椅
整理污物等，开门窗通风
记录病人的反应

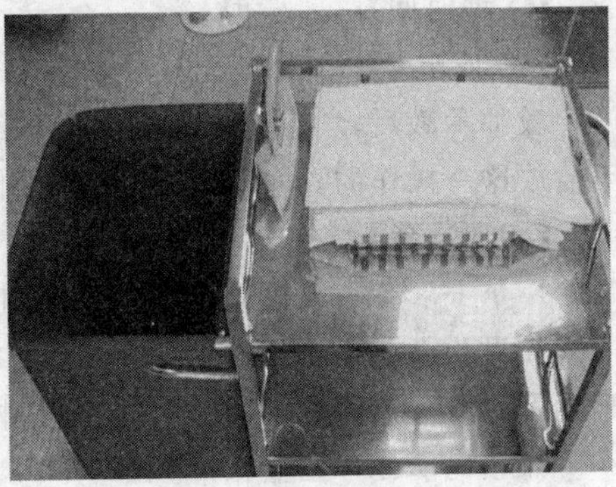

图 1-3-1 卧有病人床物品

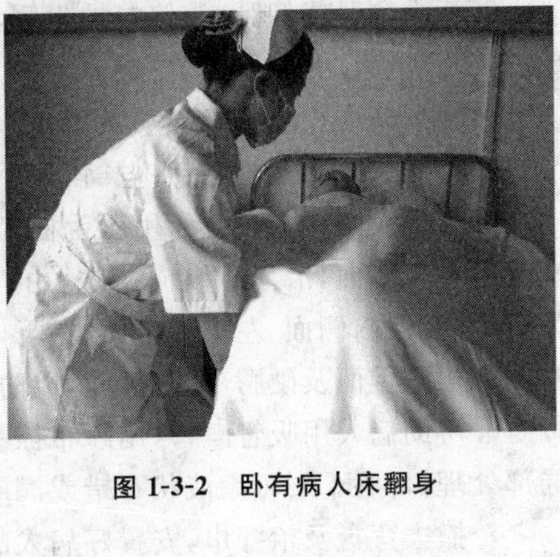

图 1-3-2 卧有病人床翻身

实训项目四 口腔护理

【实训目的】

1.叙述口腔护理的目的、适应证及如何正确选择漱口液。

2.能正确进行口腔护理操作。

3.说出操作中的注意事项。

4.养成操作认真、负责的态度,树立对病人人文关怀的理念。

【实训时间】 1学时。

【实训方式】

教师示教后,学生分3人或4人一组,在教师指导下,在同学身上互相练习,同时多媒体循环播放这一操作的真实情景录像片,操作后学生书写实验报告。

【实训准备】

1.护士准备 衣帽整洁,洗手、戴口罩。

2.用物准备 治疗盘内备:治疗碗2个(1个盛漱口溶液,1个盛浸湿的无菌棉球)、镊子、弯血管钳、弯盘、压舌板、纱布、吸水管、棉签、液状石蜡、手电筒、治疗巾,必要时备开口器。

3.环境准备 拉上床帘。

【实训内容】

1.携用物至病人床旁,核对并解释操作目的、方法,取得配合。

2.病人侧卧或仰卧,头偏向护士侧,避免误吸。铺治疗巾于颌下,置弯盘于口角旁,保护床单、枕头及病人的衣服不被浸湿。

3.协助病人用吸水管吸水漱口,吐入弯盘内。口唇干裂时,用温水湿润。

4.请病人张口,一手持手电筒,一手持压舌板,观察口腔。昏迷病人可用开口器协助张口。

5.让病人咬合上、下齿,用压舌板轻轻撑开左侧颊部,用弯血管钳夹取棉球或用海绵棒擦洗牙齿左外侧面,沿牙齿纵向擦洗,由内侧洗至门齿;同法擦洗右外侧面。请病人张开上、下齿,擦洗左上内侧面、左上咬合面、左下内侧面、左下咬合面,以弧形擦洗左侧颊部。同法擦洗右侧。擦洗舌面及硬腭部,勿过深,以防触及咽部引致恶心。

6.协助病人用吸管漱口,用纱布擦净口唇。再次观察口腔,如有口腔溃疡,可用冰硼散做局部处理,口唇干裂可涂液状石蜡或润唇膏。

7.撤去弯盘及治疗巾,安置好病人的体位,整理用物及床单位,洗手、记录。

【注意事项】

1.昏迷病人不可漱口,以防误吸;需用开口器时应从臼齿处放入,不可使用暴力,以防损伤。

2.擦洗时,棉球不可过湿,且必须用血管钳夹紧,每次只能用一个棉球擦洗,擦洗后不可将棉球遗留在口腔,以防误吸(昏迷病人必须用血管钳,不能用海绵棒);擦洗动作应轻柔,以防损伤牙龈及黏膜,特别是对凝血功能不良者。

3.传染病病人的用物按消毒隔离原则处理。

【操作流程】

准备工作：
- 环境准备
- 用物准备（图1-4-1）
- 工作人员准备

↓

核对、解释

↓

取体位：侧卧或仰卧，头偏向护士一侧，铺治疗巾于病人颌下，放置好弯盘
漱口：用吸水管吸水漱口
湿润：口唇干裂时，用温水湿润，观察口腔情况（图1-4-2）

↓

按顺序擦拭：外侧面⟹左上内侧面⟹左上咬合面⟹左下内侧面⟹左下咬合面⟹右上内侧面⟹右上咬合面⟹右下内侧面⟹右下咬合面⟹两侧颊部硬腭部⟹舌面、舌下（图1-4-3）

↓

再次漱口，观察口腔，处理溃疡，润滑口唇

↓

安置病人舒适卧位，清洁、处理用物，洗手
记录病人的反应

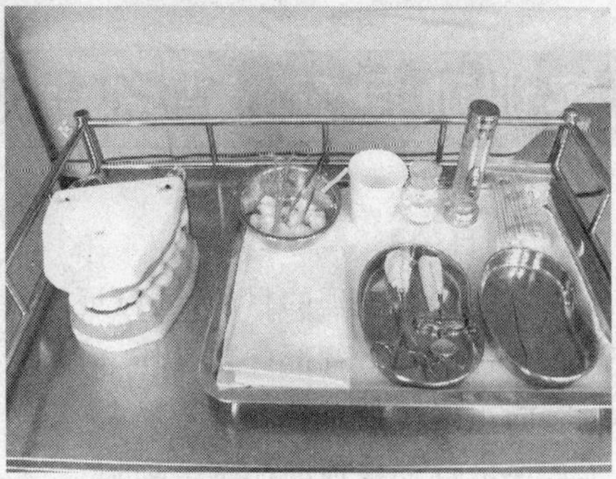

图 1-4-1 口腔护理用物

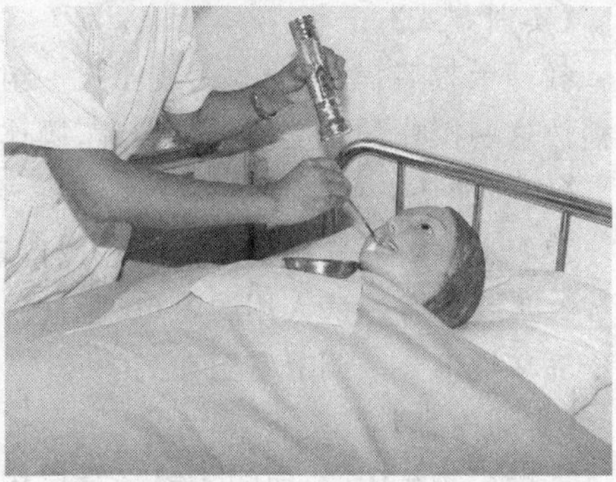

图 1-4-2 观察口腔

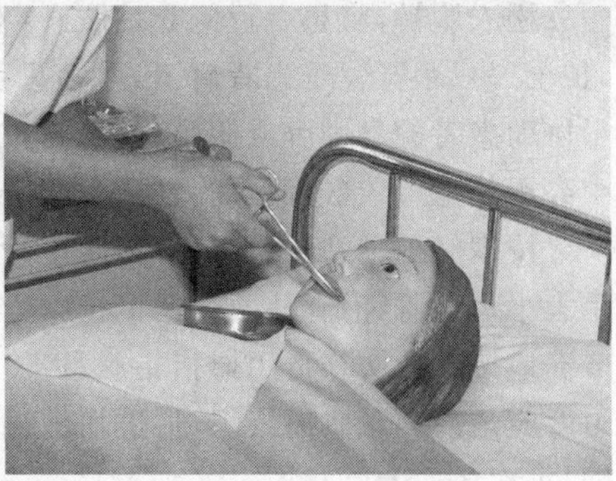

图 1-4-3 口腔擦拭顺序

实训项目五 背部护理

【实训目的】

1.叙述背部护理的目的、适应证。

2.能正确进行背部护理操作。

3.能正确协助患者翻身。

4.说出背部护理的注意事项。

5.养成操作认真、负责的态度,树立对病人人文关怀的理念。

【实训时间】 1学时。

【实训方式】

教师示教后,学生分3人或4人一组,在教师指导下,在同学身上互相练习,同时多媒体循环播放这一操作的真实情景录像片,操作后学生书写实验报告。

【实训准备】

1.护士准备 衣帽整洁,洗手、戴口罩。

2.用物准备 病人用的毛巾、脸盆(内盛不烫手的水)、50%乙醇、屏风。

3.环境准备 调节室温在24～25℃。

【实训内容】

1.携用物至床旁,向病人解释背部按摩的目的,取得配合。做好保暖及遮挡工作。

2.将盛有热水(不烫手)的脸盆放于床旁。

3.松衣脱裤,将患者近侧衣袖脱开,双膝弯曲,两腿交叉,近侧腿在上,双手交叉放于胸腹部,护士一只手臂置于患者肩下,另一只手臂在患者腰背部,先将患者移近床沿后利用前臂的力量协助患者翻身侧卧或俯卧,仅暴露按摩部分。保暖,保护病人隐私。

4.用热毛巾依次擦净病人的颈部、肩部、背部及臀部,边擦边按摩。

5.按摩时护士站于病人一侧,两手大小鱼际蘸少许50%乙醇做按摩,从臀部上方开始,用双手大小鱼际肌,沿脊柱两旁向上按摩,至肩部时,用力稍轻,以环行向下至腰部、骶尾部,如此有节奏地按摩数次。再用拇指指腹蘸50%乙醇由骶尾部开始沿脊柱按摩至第7颈椎处。按摩力度应足以刺激肌肉组织,促进血液循环。压力均匀地按向心方向按摩,由轻到重,再由重到轻,每次3～5min。

6.受压处局部按摩,拇指指腹蘸少许50%乙醇在受压处外围按摩。

7.按摩毕,用毛巾擦去皮肤上的乙醇,必要时抹擦爽身粉,撤去大浴巾,协助病人穿好衣裤,必要时更换衣裤,取舒适卧位,整理好床单位。

8.整理用物并做好记录。

【注意事项】

1.注意保暖,水温合适。

2.背部按摩时间不少于3min。

3.对于因受压而出现反应性充血的皮肤组织则不主张按摩。

【操作流程】

准备工作：
- 环境准备
- 用物准备（图1-5-1）
- 工作人员准备

↓

核对、解释

↓

取体位：协助患者翻身俯卧或侧卧（图1-5-2）

↓

擦拭局部：用热毛巾依次擦净病人的颈部、肩部，背部及臀部，边擦边按摩

↓

按摩背部（图1-5-3）

背部：两手大小鱼际蘸少许50％乙醇做按摩，再用拇指指腹蘸50％乙醇由骶尾部开始沿脊柱按摩至第7颈椎处

局部：受压处局部按摩，用拇指指腹蘸少许50％乙醇紧贴皮肤按摩

↓

按摩毕，必要时抹上爽身粉，取舒适卧位

整理好床单位，清洁用物，洗手

记录病人的反应及局部情况

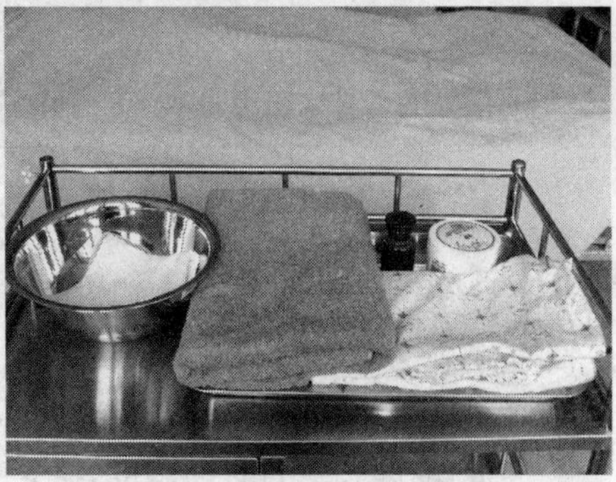

图 1-5-1　背护用物

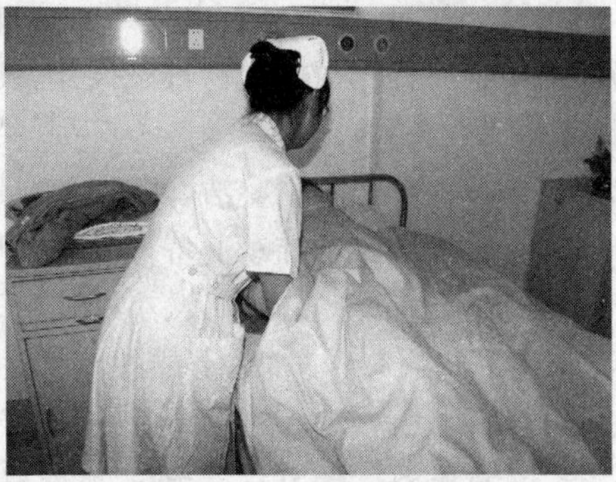

图 1-5-2　协助病人翻身

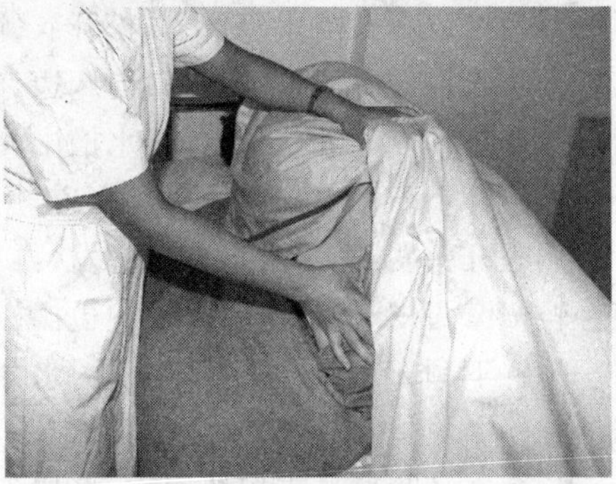

图 1-5-3　背部按摩

实训项目六 床上洗头

【实训目的】

1.叙述床上洗头的目的及适应证。

2.能正确为患者进行床上洗头。

3.说出床上洗头的注意事项。

4.养成操作认真、负责的态度，树立对病人人文关怀的理念。

【实训时间】 1学时(操作)。

【实训方式】

教师示教后，学生分3人或4人一组，在教师的指导下，在同学身上互相练习，同时多媒体循环播放这一操作的真实情景录像片，操作后学生书写实验报告。

【实训准备】

1.护士准备 衣帽整洁，洗手、戴口罩。

2.用物准备 治疗车上备橡胶马蹄形垫或自制马蹄形垫(扣杯法备脸盆、毛巾、搪瓷杯、血管钳、长皮管)；治疗盘内备大、小橡胶单、浴巾、毛巾、别针、纱布、棉球(以不吸水棉花为宜)、量杯、水壶(内盛43～45℃热水或按病人习惯调制)、面盆或污水桶、洗发液、梳子，必要时备屏风、电吹风及便盆。有条件可用洗头车或推病人至浴室洗头。

3.环境准备 调节室温至24℃左右，必要时屏风遮挡。

【实训内容】

1.携用物至病人床旁，核对并解释操作目的及配合方法，使病人感到安全。

2.铺橡胶单及浴巾于枕上，松开衣领向内反折，围毛巾于颈下，用别针别好。

3.病人取仰卧位，上半身斜向床边，移枕于肩下，置马蹄形垫于病人后颈下，使病人颈部枕于马蹄形垫的突起处，头部置于水槽中，马蹄形垫的下端置于污水桶中。如用扣杯法洗头，病人头枕于杯上。用棉球塞住双耳孔道，用纱布盖上双眼。

4.松开头发，先用温水冲湿头发，再均匀涂上洗发液，由发际至脑后部反复揉搓，同时用指腹轻轻按摩头皮，然后用温水边冲边揉搓，直至冲净。

5.解下颈部毛巾，擦去头发上的水分，用毛巾包好头发，擦干面部；取下耳内的棉球和眼上的纱布。

6.撤去马蹄形垫或扣杯用物，将枕头自病人肩下移向床头，协助病人仰卧位，解下包头的毛巾，再用浴巾擦干头发，或用电吹风吹干头发，用梳子梳理成型。协助病人取舒适卧位。

7.整理处理用物，洗手记录。

【注意事项】

1.衰弱病人不宜洗发；洗头过程中，应注意观察病人，随时与病人沟通，对发生的情况及时处理，如有异常应停止洗头。

2.注意室温及水温，及时擦干头发，勿使病人着凉。

3.洗头过程中，揉搓力量适中，避免用指甲抓伤头发。防止洗头过程中水流入耳及眼内，保护床单、枕头、衣服不被沾湿。

【操作流程】

准备工作：
- 环境准备
- 用物准备（图1-6-1）
- 工作人员准备

↓

核对、解释

↓

取体位：仰卧位，铺巾，置马蹄形垫或扣杯

↓

按序洗发：湿发、涂洗发液，冲洗（图1-6-2）

↓

擦干头发，清洁面部

↓

撤用物，取体位

↓

整理、记录

图 1-6-1　床上洗头用物

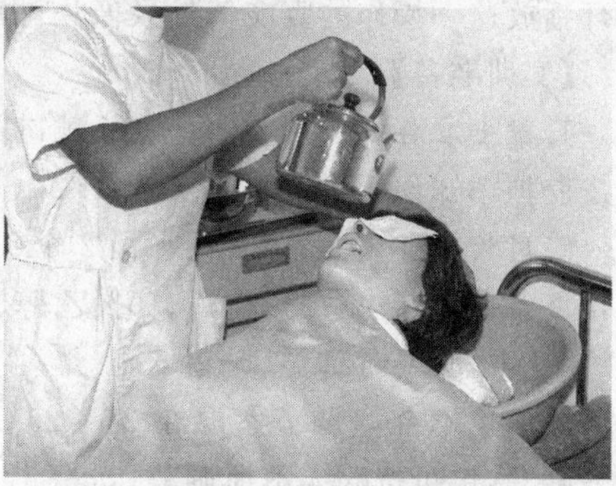

图 1-6-2　洗发

实训项目七 床上擦浴

【实训目的】

1.叙述床上擦浴的目的及适应证。

2.能正确为患者进行床上擦浴。

3.说出床上擦浴的注意事项。

4.养成操作认真、负责的态度，树立对病人人文关怀的理念。

【实训时间】 1学时。

【实训方式】

教师示教后，学生分3人或4人一组，在教师的指导下，在同学身上互相练习，同时多媒体循环播放这一操作的真实情景录像片，操作后学生书写实验报告。

【实训准备】

1.护士准备　衣帽整洁，洗手、戴口罩，向病人解释床上擦浴的目的及配合方法，对病人宣传皮肤护理知识。

2.用物准备　面盆2个、水桶2个（一桶盛50～52℃热水，另一桶用于接盛污水）、浴巾、毛巾2条、浴皂、小剪刀、梳子、50%乙醇、护肤用品（爽身粉、润肤剂）、清洁衣裤和被服；另备便盆、便盆巾，必要时备屏风。

3.环境准备　调节室温在24～25℃，关好门窗、拉好床帘或使用屏风遮挡，水温维持在41～46℃，也可按病人习惯调节。

【实训内容】

1.携用物至床旁，向病人解释擦浴目的及配合方法，视需要给予便盆。根据病情放平床头及床尾支架，松床尾盖被，将病人身体移向床缘，尽量靠近护士。

2.将面盆放于床旁椅上，倒入热水约2/3满，将毛巾叠成手套状，包在手上。

3.按序擦拭

(1)擦脸颈部：顺序为洗眼（由内眦向外眦擦拭）、额部、鼻翼、面部、耳后直到颏下、颈部，然后再用较干毛巾依次擦洗一遍。

(2)擦上身：为病人脱下上衣，按顺序擦洗双上肢、胸腹部。先用涂浴皂的湿毛巾擦洗，再用湿毛巾擦净皂液，清洗拧干毛巾后再擦洗，最后用大浴巾擦干。协助病人侧卧，背向护士，依次擦洗后颈、背、臀部，擦洗后为病人换上清洁上衣。

(3)擦下身：协助病人平卧及脱下裤子，更换面盆和热水，再擦洗两下肢，用温水泡脚并擦干。换水后为病人清洁会阴部（见会阴部护理），再为病人换上清洁裤子。

4.梳头，必要时剪指甲及更换床单，整理好床单位。

【注意事项】

1.操作过程中注意保护病人的自尊，动作轻柔、敏捷，尽量减少翻动和暴露，防止受凉。

2.先脱近侧，后脱对侧；如有外伤，先脱健肢，后脱患肢；先擦洗近侧肢体，后擦洗远侧肢体，注意擦洗净耳郭、耳后、颈部、腹股沟及腋窝等皮肤皱褶处。

3.一般擦洗应在15～30min完成；观察病情变化，如出现寒战、面色苍白、脉速等征象时，应立即停止擦洗，并给予适当处理。

4.天冷时，可在被内操作，并随时为病人盖好盖被，防止着凉。

5.擦洗时注意观察皮肤有无异常；擦洗毕，可在骨突处用50％乙醇按摩皮肤。

6.护士应注意节时省力，方便操作。

【操作流程】

准备工作：
- 环境准备
- 用物准备（图1-7-1）
- 工作人员准备

↓

核对、解释

↓

倒水准备

↓

取合适体位，毛巾手套状（图1-7-2）

↓

擦浴顺序：脸颈、上身、下肢、会阴(图1-7-3)

↓

撤用物，取体位

↓

整理记录

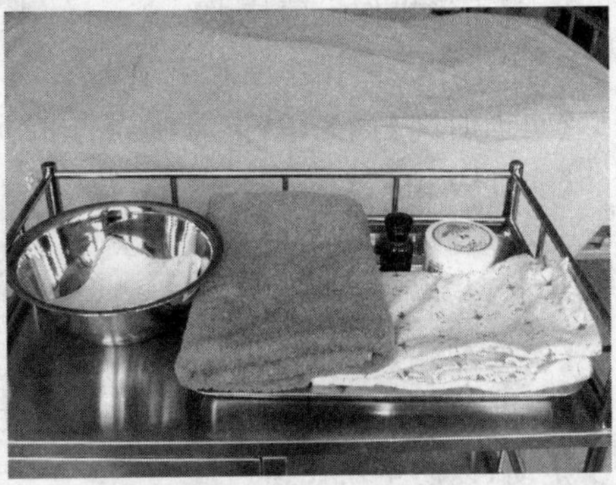

图 1-7-1　床上擦浴用物

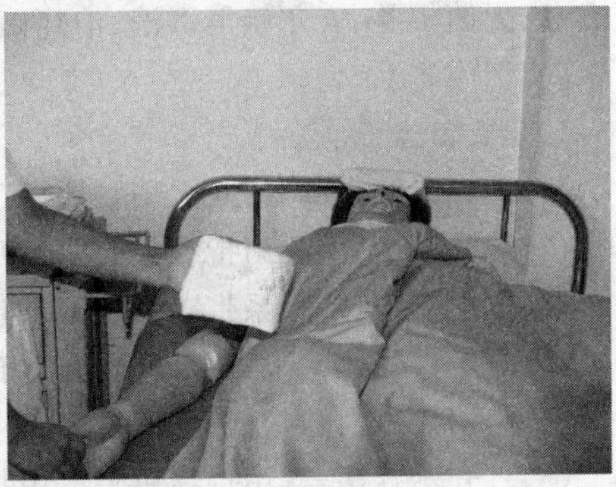

图 1-7-2　手套状毛巾

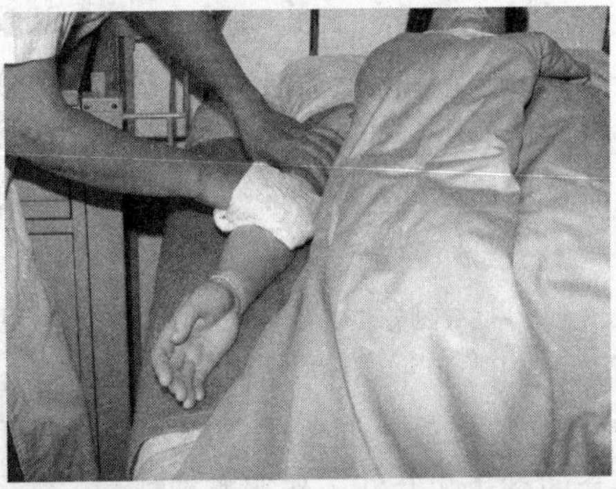

图 1-7-3　擦拭方法

实训项目八 无菌技术

【实训目的】

1. 叙述无菌操作原则。

2. 能正确操作无菌技术。

3. 能说出无菌操作注意事项。

【实训时间】 8 学时(考核:2 学时)。

【实训方式】

教师示教后,学生分 3 人或 4 人一组,在教师的指导下练习,同时多媒体循环播放这一操作的录像片,操作后学生书写实验报告。

【实训准备】

1. 环境准备 环境应布局合理,宽敞、清洁、定期消毒,无菌操作前半小时停止清扫工作、减少走动,以防尘埃飞扬。

2. 护士准备 衣帽整洁,洗手、戴口罩。

3. 用物准备 无菌治疗巾包、无菌储槽、无菌罐、无菌持物钳、无菌溶液、治疗盘、弯盘、有盖方盘、无菌棉签、安尔碘消毒液、治疗碗、无菌手套、记录卡、笔。

【实训内容】

1. 铺无菌盘

(1)检查无菌包的名称、灭菌日期、有无潮湿及化学指示胶带变色情况。

(2)解开系带,用无菌持物钳夹取治疗巾一块,放在治疗盘上。

(3)按原折痕包盖,系带以“一”字形包扎,注明开包时间。

(4)双手捏住无菌巾一边外面两角,轻轻抖开,双折铺于治疗盘上,将上层折成扇形 3 折,边缘向外,治疗巾内面构成无菌区。

(5)打开治疗罐盖,用持物钳夹取用物。

(6)先检查无菌溶液标签的名称、有效期;检查瓶盖有无松动;瓶身、瓶底有无裂缝;检查溶液性质后,撬铝盖、消毒橡胶瓶盖,打开瓶盖,冲洗瓶口,倒无菌溶液,盖瓶盖并消毒橡皮塞内侧面,记录开启瓶的时间、签名。

(7)放完无菌物品后,拉开扇形折叠层遮盖于物品上,上下层边缘对齐。开口处向上折 2 次,两侧边缘分别向下折 1 次。

(8)注明无菌盘名称、铺盘时间并签名。

2. 戴、脱无菌手套

(1)戴无菌手套:① 核对无菌手套袋外的灭菌日期、号码;② 手套袋平放于清洁、干燥桌面上,打开;③ 两手同时掀开手套袋开口处,分别捏住两只手套反折部分,取出;④ 先戴一只手套,再将戴好手套的手指插入另一只手套的反折面内,同法戴好;⑤ 双手调整手套位置,将手套的翻边扣套在工作服衣袖外面。

(2)脱手套法:① 一只手捏住另一只手套腕部外面,翻转脱下后将脱出的手伸入另一只手套内,将其往下翻转脱下;② 将手套浸泡在消毒液内,洗手。

【注意事项】

1. 严格遵守无菌操作原则。

2. 铺无菌盘区域需清洁干燥。

3. 无菌操作过程中避免潮湿、污染。

4. 操作过程中不可跨越无菌区域。

5. 开启过的无菌溶液和无菌包有效期在 24h 内。

6. 铺好的无菌盘 4h 内有效。

7. 已戴手套的手不可触及未戴手套的手及另一只手套的内面，未戴手套的手不可触及手套的外面。

8. 物品如有破损或怀疑被污染应立即更换。

【操作流程】

1. 铺无菌盘

准备工作：环境准备；用物准备（图1-8-1）；工作人员准备

↓

取无菌治疗巾，检查无菌包并打开

↓

铺无菌盘，扇形3折，内面无菌（图1-8-2）

↓

放置物品：无菌持物钳的使用，倒无菌溶液

↓

放入无菌物品后：拉开扇形折叠层遮盖于物品上，上下层边缘对齐。开口处向上折2次，两侧边缘分别向下折1次

↓

记录：注明无菌盘名称、铺盘时间并签名

图 1-8-1　无菌物品

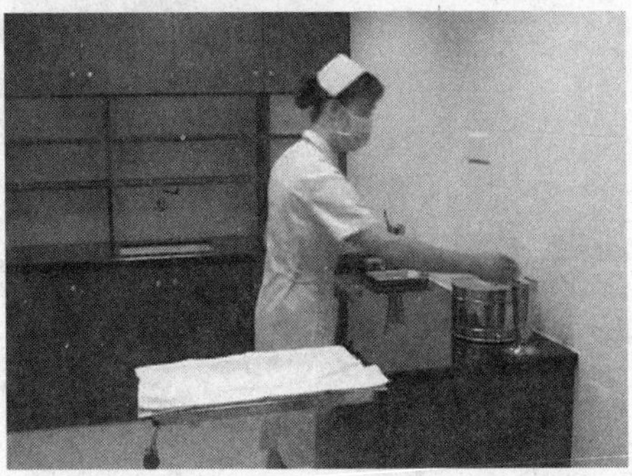

图 1-8-2　无菌盘

2. 戴、脱无菌手套

准备工作：
- 环境准备
- 用物准备
- 工作人员准备

⇓

检查手套型号及失效日期

⇓

打开包布，取出无菌手套（图1-8-3）

⇓

拿手套反折面戴好一只手套，手指插入手套反折面内，同法戴另一只手套（图1-8-4）

⇓

反折面扣于衣袖

⇓

冲洗手套并脱手套

⇓

浸泡、洗手

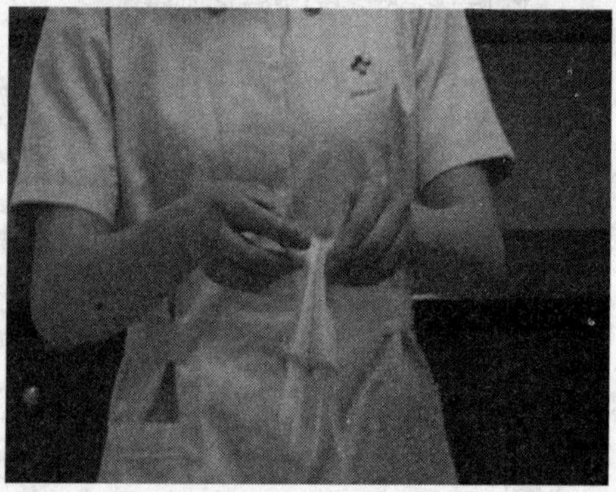

图 1-8-3 取无菌手套

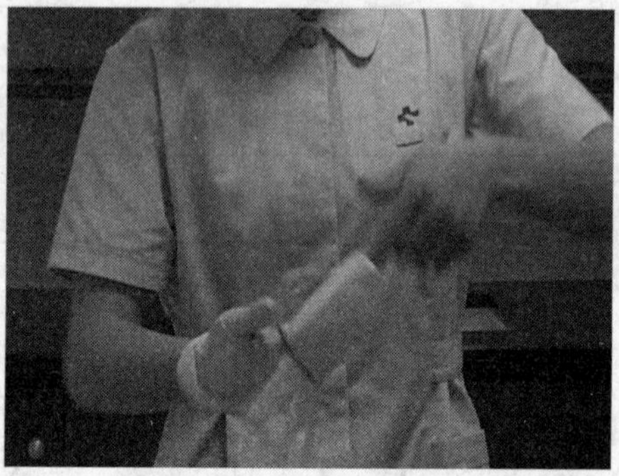

图 1-8-4 戴无菌手套

实训项目九　隔离技术

【实训目的】

1.叙述隔离操作原则。

2.能正确操作隔离技术。

3.能说出隔离操作注意事项。

【实训时间】　2学时。

【实训方式】

教师示教后，学生分3人或4人一组，在教师的指导下练习，同时多媒体循环播放这一操作的录像片，操作后学生书写实验报告。

【实训准备】

1.环境准备　环境清洁、宽敞。

2.护士准备　衣帽整洁，洗手、戴口罩。

3.用物准备　洗手池设备或备消毒液和清水各一盆，治疗盘(内盛已消毒的手刷、洗手液、清洁干燥小毛巾、避污纸)，盛用过的刷子、小毛巾或烘干机、避污纸的容器。

【实训内容】

1.使用口罩、帽子

(1)操作前洗手。

(2)戴帽子时应将头发全部包入帽子内，不能散落在外面。

(3)戴口罩时应遮住口、鼻及下巴。

2.洗手及消毒手法

(1)操作前洗手法

① 取下手表，卷袖过肘。

②打开水龙头，水龙头最好是感应式或可用肘、脚、膝控制的，开关水龙头时，手不可直接接触水龙头。调节适宜的水流及水温后湿润双手，关闭水龙头。

③揉搓双手、手腕及腕上10cm，持续15s。

④用流水将手冲净后关闭水龙头，水流不可过大，以免溅湿工作服，注意拇指、指尖、指缝、指关节等部位的清洗。

⑤用擦手纸或毛巾擦干双手或用烘干机将手烘干。

(2)操作后手的消毒

① 刷手法：用刷子醮洗手液，按前臂、腕部、手背、手掌、手指、指缝、指甲顺序彻底刷洗30s，刷洗范围应超过被污染的范围。用流水冲净，使污水从前臂流向指尖，反复2次，同法刷另一手，刷洗时间要足够，共刷2min。用小毛巾自上而下擦干双手，或用烘干机吹干。

② 浸泡消毒法：将双手浸泡于盛消毒液的盆中，消毒液要浸没肘部及以下。用小毛巾或手刷反复擦洗2min，再在清水盆内洗净，用小毛巾擦干。

3. 穿脱隔离衣

(1)穿隔离衣:① 取下手表,准备操作用物,卷袖过肘;②拿住隔离衣的衣领,取下隔离衣,清洁面朝向自己;③一手拿衣领,另一手伸入袖内,同法穿好另一只衣袖,双手举高,抖动,露出双手;④通过衣领的边缘找到领扣,扣好领扣后扣袖扣,衣服对齐后扣好背后的暗扣,然后将腰间带子系于腰面。

(2)脱隔离衣:①解开腰带,在胸前打一活结;②解开衣袖,塞至肘部,消毒双手;③解开领口,一只手伸入衣袖内将衣袖拉过手,再用衣袖包住的手在外面拉另外一只衣袖;两手在袖内对齐袖子,退出手臂;④将衣领折叠,两边对齐,挂于衣钩上。

4. 避污纸使用法

(1)取避污纸从页面抓取。

(2)用手未触碰的一面包住要拿取的物品。

(3)使用完毕后将避污纸放入污物桶中。

(4)洗手(图 1-9-1)。

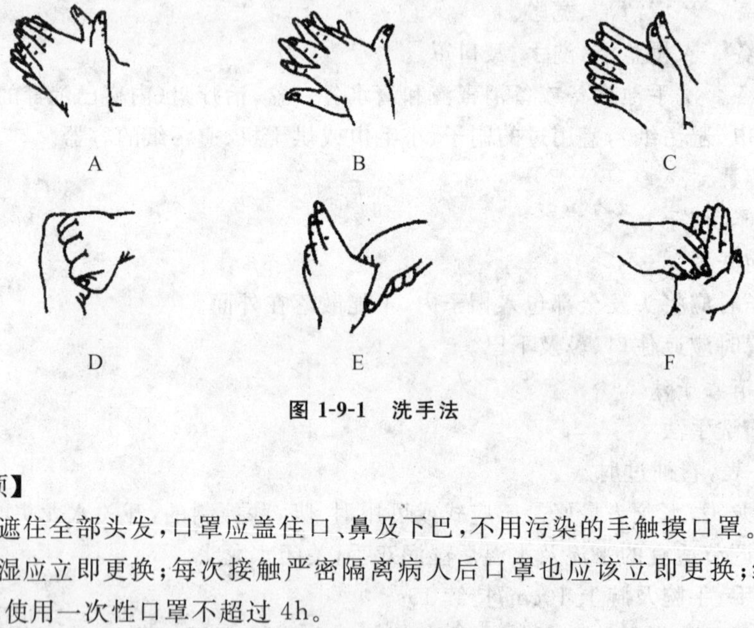

图 1-9-1　洗手法

【注意事项】

1. 帽子应遮住全部头发,口罩应盖住口、鼻及下巴,不用污染的手触摸口罩。

2. 口罩潮湿应立即更换;每次接触严密隔离病人后口罩也应该立即更换;纱布口罩使用 2～4h 应更换;使用一次性口罩不超过 4h。

3. 洗手时,身体不要碰触水池,以免污染水池或溅湿隔离衣。

4. 流水冲洗时,腕部要低于肘部,使污水从前臂流向指尖,勿使水流入衣袖内弄湿隔离衣。

5. 洗手液应定时更换,刷子应每日消毒。

6. 隔离衣长短合适,须全部盖住工作服,如有破洞不可使用。

7. 注意区分隔离衣的清洁面和污染面,避免清洁面被污染。隔离衣应每日更换,如有潮湿或污染应立即更换。

8. 隔离衣应挂在清洁区和半污染区,清洁面应向外;挂在污染区则污染面向外;不再穿的隔离衣,脱下后清洁面向外,卷好投入污物袋中。

9. 抓取避污纸时,应从页面抓,不可掀开撕取,注意保持避污纸清洁,以防交叉感染。

【操作流程】

1. 穿隔离衣法

准备工作：
- 环境准备
- 用物准备（图1-9-2）
- 工作人员准备

↓

手抓衣领穿衣袖

↓

穿好衣袖系领口

↓

系好领口系袖口

↓

系好袖口系腰带（图1-9-3）

图 1-9-2 隔离衣

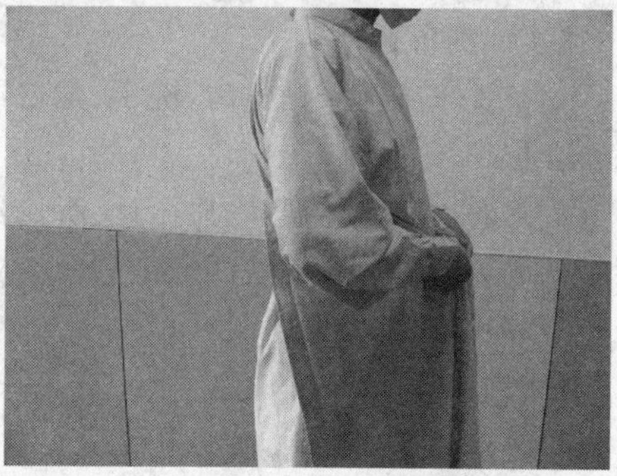

图 1-9-3 穿隔离衣

2. 脱隔离衣法

解开腰带系在前

↓

系好腰带卷袖口

↓

卷好袖口消毒手

↓

解开领口脱衣袖

↓

脱好衣袖挂上去

实训项目十　生命体征测量法

【实训目的】

1.叙述生命体征测量的目的及注意事项。

2.能正确为患者进行生命体征的测量并能判断结果有无异常。

3.能正确判断所测生命体征有无异常。

4.养成操作认真、负责的态度,树立对患者人文关怀的理念。

【实训时间】 2学时(操作及考核)。

【实训方式】

教师示教后,学生分2～4人一组,在教师指导下同学之间相互测量练习,同时多媒体循环播放这一操作的真实情景录像片,操作后学生记录检查结果。

【实训准备】

1.护士准备　衣帽整洁,洗手、戴口罩,确认病人,解释测量的目的以及注意事项,以取得病人合作。

2.用物准备　体温计、血压计、听诊器、消毒液纱布、弯盘(或杯,内衬纱布)、记录本、笔、有秒针的表,若测肛温,另备润滑剂(凡士林或液状石蜡)、棉签、卫生纸。

3.环境准备　环境保持安静。

【实训内容】

1.体温测量

(1)测量口温:放入口表于病人舌下热窝,嘱病人闭口,用鼻呼吸,勿用牙咬体温表;测量3min。可利用此时间测脉搏、呼吸。

(2)测量肛温:暴露臀部,取侧卧、俯卧位、屈膝仰卧位;润滑肛表,插入肛门3～4cm;若是婴幼儿,应用手固定肛表;测量3min。

(3)测量液温:若病人腋下有汗,应擦干汗液;将体温计水银端放在腋窝处,紧贴皮肤,屈臂过胸夹紧;测量10min。

(4)取出体温计、消毒液纱布擦净、读数。

(5)安置病人。

(6)先记录在体温记录本上,再绘制在体温单上。

(7)消毒体温计。

2.脉搏测量

(1)为病人取坐位或卧位,手腕伸展、放松,置于舒适、有扶托的位置上。

(2)护士将示指、中指、环指的指腹触按于病人的桡动脉上,能清楚地触及脉搏后,再测量。

(3)正常脉搏测15～30s,乘以4或2;异常脉搏、危重病人应测1min;脉搏细弱难以触诊时应测心尖冲动,即测心率1min。

(4)脉搏短绌病人,应由两名护士同时测量,一人听心率,另一人测脉率,由听心率者发出“起”“停”口令,计时1min。

(5)安置病人。

(6)先记录在体温记录本上，再绘制在体温单上，记录方式为心率/脉率。

3.呼吸测量

(1)协助病人取舒适体位，使病人精神放松，呼吸呈自然状。

(2)测量脉搏之后，手指仍保持在病人的诊脉部位，以便在测呼吸时不被病人察觉。

(3)观察呼吸，一起一伏为一次呼吸，同时注意观察呼吸的深浅度、节律、音响、形态及有无呼吸困难。

(4)正常呼吸测量 15～30s，乘以 4 或 2，呼吸异常或婴幼儿应测 1min。危重病人呼吸微弱，可用少许棉丝置于病人鼻孔前，观察棉丝被吹动的次数，计时 1min。

(5)安置病人。

(6)先记录在体温记录本上，再绘制在体温单上。

4.血压测量

(1)取坐位或仰卧位，使血压计的"0"点与肱动脉、心脏处于同一水平。坐位：肱动脉平第四肋；卧位：肱动脉平腋中线。

(2)选择健侧的肢体测量，手掌向上，肘部伸直，必要时脱衣袖，避免衣袖过紧。

(3)开启水银槽开关，驱尽袖带内空气，平整地缠于上臂中部，袖带下缘距肘窝 2～3cm，松紧以能插入一指为宜。

(4)戴听诊器，先触及肱动脉搏动，再将胸件置于肱动脉处，胸件勿塞入袖带内，用一手稍加固定听诊器胸件，另一手握输气球。

(5)关闭气门，充气至肱动脉搏动消失，再升高 2.6～4.0kPa(20～30mmHg)。充气不可过快、过猛，避免引起病人不适和水银溢出。

(6)缓慢放气，使水银柱以每秒 0.5kPa(4mmHg)的速度下降。

(7)听脉搏搏动，当听诊器中出现第一声搏动声，此时水银柱所指的刻度，即为收缩压；随后搏动声继续存在并增大，直到声音突然变弱或消失，此时水银柱所指的刻度即为舒张压。

(8)观察视线，眼睛的视线保持与水银柱弯月面同一水平。

(9)取下听诊器及袖带，排尽袖带内余气，关闭气门，整理袖带，放入盒内，将血压计盖右倾45°，使水银全部回流到槽内，关闭水银槽开关，关上盒盖，平稳放置。

(10)安置病人。

(11)采用分数式记录于体温单的血压栏内：收缩压/舒张压 kPa，如 12/ 8kPa，当变音与消失音之间有差异时，或危重病人，两个读数都应记录：收缩压/变音/消失音 kPa。

【注意事项】

1.根据测量对象合理选择测量的部位、方法及时间。

2.根据所测病人数准备体温计，并检测体温计刻度在 35℃以下。

3.避免影响测量准确性的因素，正确读取和记录。

4.不慎咬破体温计时，应及时正确处理。

5.特殊患者测体温，注意安全，专人守护。

6.脉搏测量不可用拇指诊脉。

【操作流程】

1.体温、脉搏、呼吸的测量

准备工作：
- 环境准备
- 用物准备（图1-10-1）
- 工作人员准备

↓

核对、解释，取合适体位

↓

测体温：
口温：将水银端置于病人舌下热窝请病人闭口，用鼻呼吸，3min取出
腋温：擦干汗液；体温计水银端放在腋窝处，屈臂过胸夹紧，10min取出（图1-10-2）
肛温：润滑肛表，插入肛门3~4cm，3min取出

↓

测脉搏：护士将示指、中指、环指的指腹触按于病人的桡动脉上，测量正常脉搏15～30s（图1-10-3）

↓

测呼吸：手指保持在诊脉部位，一起一伏为一次呼吸，同时注意观察呼吸的深浅度、节律、音响、形态及有无呼吸困难，测量15～30s

↓

整理，协助取舒适体位
记录在体温记录单上，再绘制在体温单上

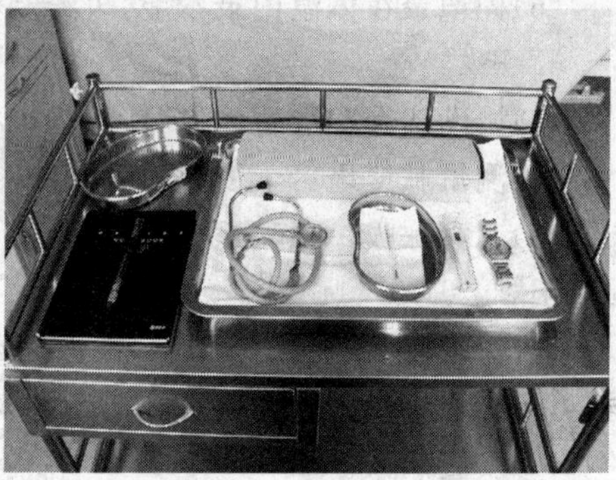

图 1-10-1　生命体征的测量用物

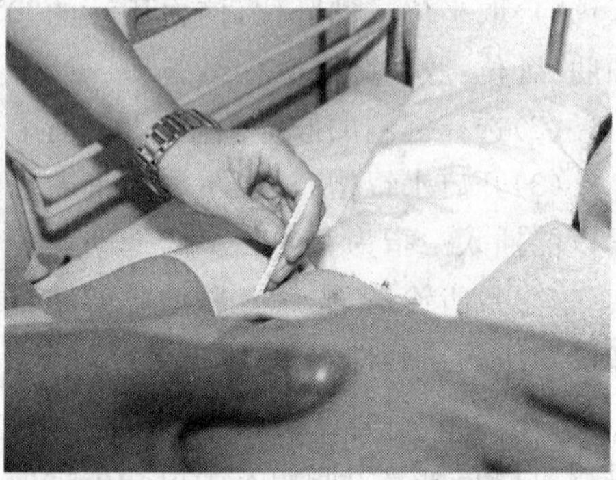

图 1-10-2　体温的测量

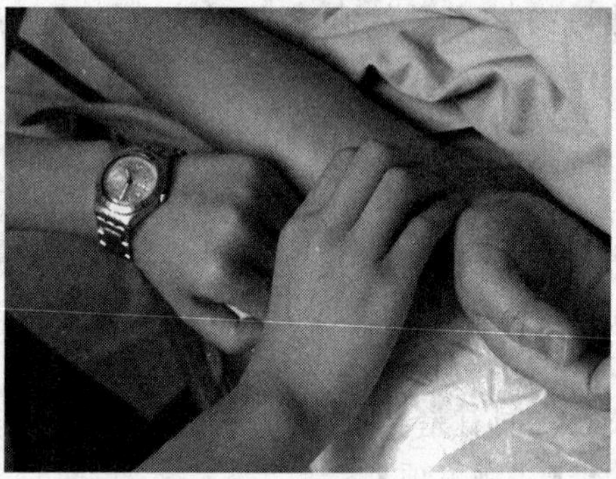

图 1-10-3　脉搏的测量

2. 血压的测量(图 1-10-4)

准备工作：环境准备；用物准备；工作人员准备

↓

核对、解释，取坐位或平卧位

↓

卷袖露臂：选择健侧的肢体测量，手掌向上，肘部伸直

↓

打开血压计，开启开关，缠袖带于手臂中部，触肱动脉搏动，胸件放于其上，戴听诊器

↓

充气，缓慢放气，判断收缩压与舒张压

↓

取听诊器及袖带，整理袖带放入盒内，关闭水银槽开关；关上盒盖，平稳放置

↓

整理，协助取舒适体位
记录在记录本上，再记录在体温单上，洗手

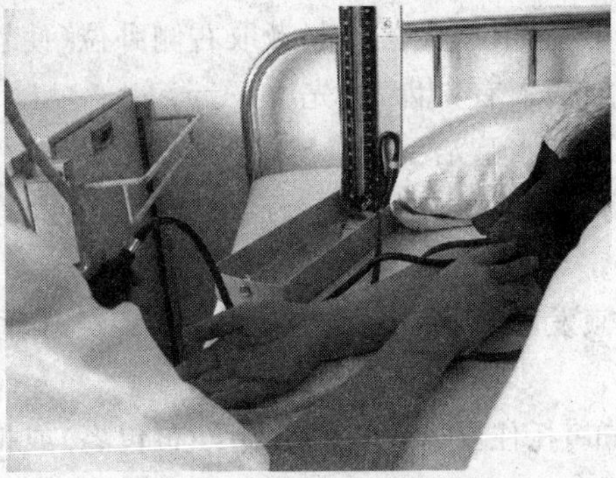

图 1-10-4 血压的测量

实训项目十一 鼻 饲 法

【实训目的】

1.叙述鼻饲法的目的及适应证。

2.能模拟鼻饲管插入法、喂食法、拔管法。

3.简述插管中遇有问题处理的方法。

4.说出操作中的注意事项。

5.养成操作认真、负责的态度，树立对病人人文关怀的理念。

【实训时间】 4学时。

【实训方式】

教师示教后，学生分3～4人一组，在教师指导下，在模型人身上练习，同时多媒体循环播放这一操作的真实情景录像片，操作后学生书写实验报告。

【实训准备】

1.护士准备 衣帽整洁，洗手、戴口罩。

2.用物准备 ①无菌包内置治疗碗、一次性消毒胃管、镊子、止血钳、压舌板、纱布、50ml注射器、治疗巾；②其他有液状石蜡、棉签、胶布、别针、听诊器、夹子或橡皮圈、弯盘、鼻饲流食(38～40℃)、温开水等。

3.环境准备 清洁宽敞，温度适宜。

【实训内容】

1.插管法

(1)核对床号、姓名，向病人及家属解释操作的目的、过程和需要配合的要求。

(2)协助病人取坐位或半坐卧位，无法坐起者取右侧卧位(使胃管易于插入)。铺治疗巾于病人颌下，并放置好弯盘。如病人有义齿，应先取下。

(3)检查并用棉签蘸生理盐水清洁一侧鼻腔。

(4)检查胃管是否通畅，倒少许液状石蜡于纱布上，润滑胃管前端，以减少插管时的阻力。

(5)插入长度一般为前额发际至胸骨剑突处，或由鼻尖经耳垂至胸骨剑突处的距离，长度为45～55cm。

(6)戴手套，一手(持纱布)托住胃管，另一手(用纱布包裹)或持镊子夹住胃管头端，轻轻插入选定的一侧鼻腔。插入咽喉部(10～15cm)时要求病人做吞咽动作。

(7)当病人吞咽时，顺势将胃管向前推进，直至预定长度。①遇有恶心、呕吐时，可暂停插入，请病人做深呼吸，分散其注意力，缓解紧张。②如病人出现呛咳、呼吸困难、发绀等现象，表明胃管误入气管，应立即拔管，休息片刻后再插入。③如插入不畅时，检查口腔，了解胃管是否盘在口咽部；或将胃管抽回一小段，再慢慢插入。

(8)昏迷病人插管前先协助病人去枕、头后仰，当胃管插入15cm时，左手将病人头部托起，使下颌靠近胸骨柄，以增大咽喉部通道的弧度，便于胃管插入。

(9)证实胃管位置:①连接注射器于胃管末端,回抽时见有胃液。②置听诊器于胃部,用注射器快速将10ml空气从胃管注入,能听到气过水声。③将胃管末端放入盛水的碗中,无气泡逸出。如有大量气泡逸出,表示误入气管。

(10)证实胃管在胃内后,用胶布固定胃管于鼻翼及面颊部。

2.灌饲法

(1)连接注射器于胃管末端,先回抽,抽出胃液,同时观察胃内是否有潴留及其他反应。

(2)按序灌注:先注入少量温开水,再缓慢灌注流质饮食(去残渣)或药液,一般每次灌入200ml。鼻饲完毕后,再注入少量温开水冲洗胃管,避免鼻饲液存积在鼻腔中变质,造成胃肠炎或管腔堵塞。

(3)将胃管末端反折,用纱布包好,橡皮圈系紧或夹子夹紧,用别针固定于枕上或病人的衣领上。

(4)协助病人取舒适体位,最好保持20~30min。整理床单位,清理用物。

(5)洗手,记录鼻饲液的种类、量以及病人的反应。

3.拔管法

(1)核对床号,向病人解释,告知拔管的原因。

(2)将弯盘置于病人颌下,揭去固定的胶布,夹紧胃管末端,并放于弯盘内。

(3)用纱布包裹鼻孔处的胃管,请病人做深呼吸,在病人缓慢呼气时拔管,到咽喉处快速拔出,以免液体滴入气管。

(4)置胃管于弯盘中,移出病人视线外。清洁病人口鼻、面部,擦去胶布痕迹,协助病人漱口,取舒适的卧位,整理床单位,清理用物。

(5)洗手,记录拔管的时间和病人的反应。

【注意事项】

1.操作前了解病人的病情,意识状态、活动能力及病人鼻腔局部的情况及心理反应。并做好有效沟通,消除病人紧张、恐惧感。

2.插管时动作轻柔,注意插管的方向以及病人的体位,以免损伤鼻腔和食道黏膜。

3.每次灌食前确定胃管在胃内及胃管是否通畅,温开水可润滑管腔,防止喂食溶液黏附于管壁。

4.鼻饲灌食时速度不宜过快,每次灌食量不超过200ml,间隔时间不少于2h。如注入药物时,应先将药片碾碎,溶于水中后方可注入。避免鼻饲液过冷或过热及灌入速度过快。若灌入新鲜果汁,应与奶液分开灌入,防止产生凝块。鼻饲过程中,避免灌入空气,以免造成腹胀。

5.长期鼻饲者应每天进行2次口腔护理;鼻饲用物应每日更换消毒;胃管一般每周更换1次,应于末次灌入饮食后晚间拔管,次晨再从另一侧鼻腔插入。

【操作流程】

插管

准备工作：
- 环境准备、
- 用物准备（图1-11-1）
- 工作人员准备

⇓

核对、解释

⇓

取体位：取坐位或半坐卧位无法坐起者卧位
铺巾：铺治疗巾于病人颌下，放置好弯盘
清洁鼻腔：检查并清洁一侧鼻腔

⇓

检查润滑：检查胃管是否通畅，润滑胃管前端

⇓

量长度：长度一般为45～55cm（图1-11-2）
插管：插入咽喉部时要求病人做吞咽动作，将胃管向前推进，直至预定长度

⇓

证实胃管在胃内
固定：固定胃管于鼻翼及面颊部（图1-11-3）

⇓

灌注温开水：先注入少量温开水
灌注鼻饲液：一般每次灌入少于200ml
灌注温开水：鼻饲完毕后注入少量温开水

⇓

固定：将胃管末端夹紧，固定于病人的衣领上
整理：安置舒适卧位，整理床单位、用物，洗手，记录，取体位

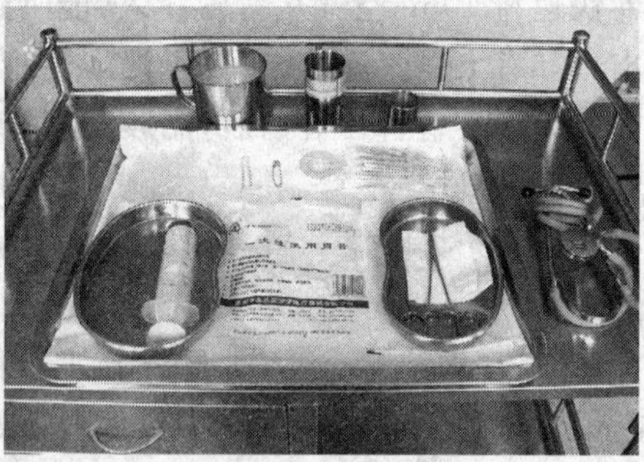

图 1-11-1　鼻饲用物

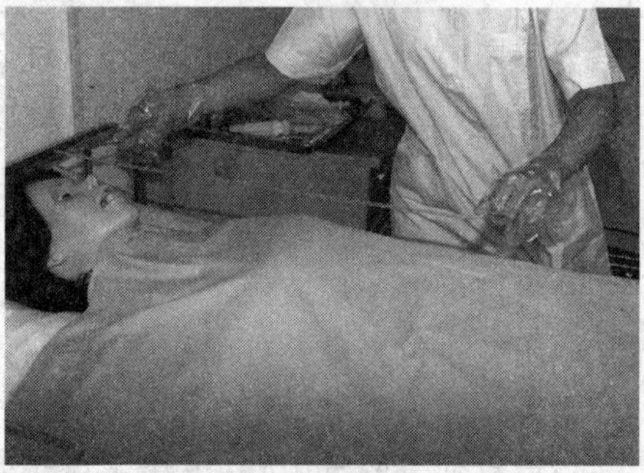

图 1-11-2　测量长度

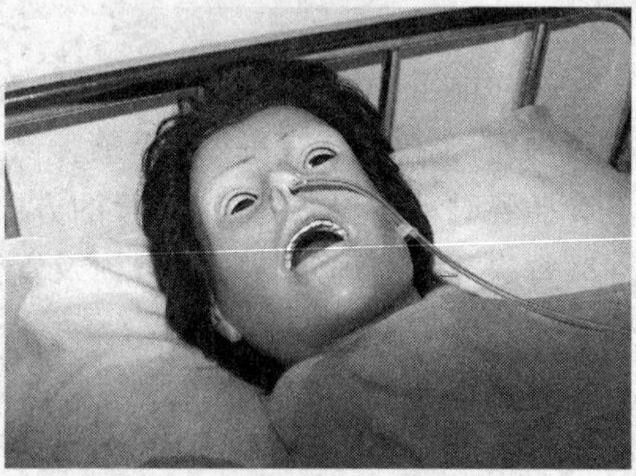

图 1-11-3　固定

拔管

准备工作：
- 环境准备
- 用物准备
- 工作人员准备

↓

核对、解释

↓

取体位：取坐位或半坐卧位，无法坐起者卧位
铺巾：铺治疗巾于病人颌下，放置好弯盘

↓

拔管：拔管前胃管末端反折，请病人做深呼吸，在病人缓慢呼气时拔管，到咽喉处快速拔出，以免液体滴入气管

↓

整理：安置舒适卧位，漱口，整理床单位、用物，洗手，记录

实训项目十二 洗 胃 法

【实训目的】

1.解释洗胃的目的及种类。

2.说出洗胃的适应证、禁忌证以及注意事项。

3.能正确选择洗胃溶液，正确进行洗胃操作技术。

【实训时间】 2学时。

【实训方式】

教师示教后，学生分2～4人一组，在教师指导下学生在模型人身上练习，结合多媒体循环播放这一操作的真实情景录像片，操作后学生书写实验报告。

【实训准备】

1.护士准备　衣帽整洁，洗手、戴口罩。

2.用物准备　①洗胃包内有洗胃盆、洗胃管、压舌板、治疗碗；②治疗盘内有液状石蜡、弯盘、纸巾、胶布、棉签、治疗巾、橡胶围裙、注射器、量杯、开口器、舌钳、牙垫、检验标本容器、听诊器；③洗胃溶液常用的有生理盐水、温开水、2%～4%碳酸氢钠溶液，1∶5 000高锰酸钾溶液等。用量一般2 000～5 000ml，中毒病人则需10 000 ml以上或更多，温度为37～40℃；④另带污水桶1只。有条件者用洗胃机，包括控制台，溶液桶（瓶），污水桶（瓶）。

3.环境准备　安静，拉上床帘或屏风。

【实训内容】

1.携物品至病人床旁，向病人或家属解释，取得合作。

2.协助病人取合适体位，轻者坐位或半坐位；重者左侧卧位；昏迷病人去枕平卧，头偏向一侧，有义齿应取下。

3.将治疗巾及橡胶围裙围于胸前，并予以固定。污水桶放于膝前或头部床下，置弯盘于病人口角处（无电动洗胃机）。

4.必要时清洁鼻腔，用棉签清洁鼻腔，检查洗胃管是否通畅，并用液状石蜡润滑。

5.洗胃管由鼻腔或口腔经咽喉缓缓插入45～55cm，当胃管到达咽喉部时，请病人深呼吸做吞咽动作，如发生呛咳，发绀等情况，立即拔出重插。

6.用50ml注射器接胃管抽吸，有胃液抽出时表明胃管在胃内或用空针向胃内充气，听诊有无气过水声，用胶布将胃管固定在鼻翼两侧及颊部。必要时将胃液送检。

7.先抽尽胃内容物，然后用注射器注入洗胃液500ml或接电动洗胃机，反复注入后吸出，至流出液澄清无气味为止。洗胃液温度37℃左右，每次灌入量不超过500ml。操作时密切观察病情，胃内容物性质，遇病情变化时及时处理。

8.停止洗胃时先拔出胃管，擦净面部。

9.冲洗完毕后，如需保留胃管者，将胃管端反折后用夹子夹住、固定。

10.整理用物并按消毒要求处理。

【注意事项】

1. 对意识不清或不合作者，用开口器将口张开，然后插胃管。凡心搏呼吸停止者，应先复苏后再洗胃，并注意清除影响呼吸的分泌物。插管时动作要轻，以防损伤食道和胃黏膜。

2. 洗胃过程中处理：如病人出现腹痛、流出液有较多鲜血或出现休克现象，应立即停止施行洗胃。洗胃过程中随时观察病人呼吸、血压、脉搏的变化，并做好详细记录。幽门梗阻病人饭后 4～6h 洗胃，并记录洗出液体的量，供静脉补液时参考。

3. 洗胃过程中，洗胃液的温度应保持在 37～38℃。注入量应与抽出量保持基本平衡。每次灌入量以 300～500ml 为限。再抽吸弃去。必要时留胃内液备检。如此反复冲洗，直到澄清为止。灌入量不能过多，以防引起窒息的危险，并可使胃内压上升，增加毒物吸收；可引起迷走神经兴奋，导致反射性心搏骤停。

4. 吞入腐蚀性毒物（如强酸、强碱）、近期上消化道出血、食管或贲门狭窄或梗阻、主动脉弓瘤等病人均禁忌洗胃，以免引起食管或胃穿孔。当中毒性质不明时，应抽出胃内容物送检，毒物性质不明时洗胃液一般用生理盐水，已知毒物种类时，应用相应的解毒剂，有机磷农药美曲膦酯（敌酸）中毒不能用 5%碳酸氢钠溶液洗胃，1605 中毒不能用高锰酸钾溶液洗胃；安眠药中毒禁用硫酸镁导泻。如遇喉头痉挛，水肿，插管困难时，应改用喉部麻醉后喉镜引导口腔插入。

【操作流程】

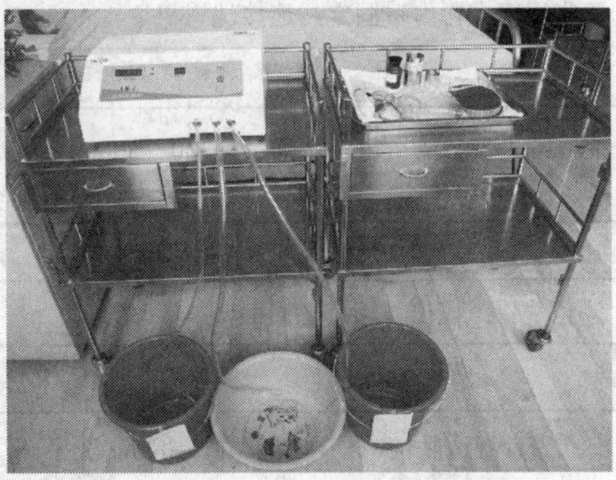

图 1-12-1 洗胃用物

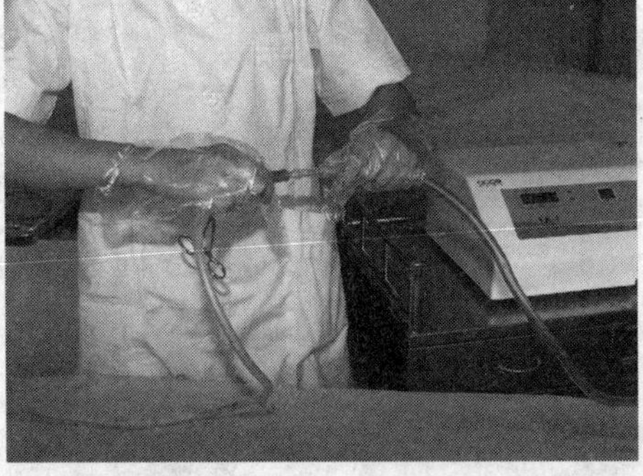

图 1-12-2 洗胃

准备工作：环境准备、用物准备（图1-12-1）、工作人员准备

↓

核对、解释

↓

取体位：取坐位或半坐卧位，无法坐起者平卧位
铺巾：铺治疗巾于病人颌下，放置好弯盘

↓

检查润滑：检查胃管是否通畅，润滑胃管前端

↓

量长度：长度一般为45～55cm
插管：插入咽喉部时要求病人做吞咽动作，将胃管向前推进，直至预定长度

↓

证实胃管在胃内，固定，连接洗胃机

↓

洗胃：先吸后洗，每次灌入量为300～500ml，直至洗出液澄清无味为止（图1-12-2）

↓

停止洗胃：拔出胃管，擦净面部

↓

安置患者舒适卧位，整理床单位、用物，洗手，记录

实训项目十三 皮内注射法

【实训目的】

1.说出皮内注射的部位、角度、进针深度、消毒方法。

2.能模拟皮内注射的操作步骤。

3.说出皮内注射的注意事项。

4.说出皮内注射结果的观察方法。

5.养成操作认真、负责的态度,树立对病人人文关怀的理念。

【实训时间】 2学时。

【实训方式】

教师示教后,学生分2～4人一组,在教师指导下同学先在模拟病人手臂上进行练习,然后同学之间互相真人练习并考核,操作后学生完成实验报告。

【实训准备】

1.病人准备 评估病人的一般情况,了解病人的诊断和目前治疗情况、用药史、过敏史及注射部位皮肤的状况。

2.护士准备 衣帽整齐,洗手、戴口罩。

3.物品准备 注射盘(内有棉签、75%乙醇、砂轮、擦手用消毒液、治疗碗)内另加1 ml注射器,4号半或5号针头,注射卡,药液。如做药物过敏试验,另备0.1%盐酸肾上腺素1支、2ml注射器、6号针头。

4.环境准备 适合无菌操作,必要时拉床帘。

【实训内容】

1.核对、解释。

2.药物过敏试验注射前应详细询问用药史、过敏史。

3.选择合适的注射部位,用75%的乙醇消毒皮肤,待干。

4.左手绷紧皮肤,右手持注射器,针头斜面向上,与皮肤呈5°刺入皮内,待针头斜面完全进入皮内后,放平注射器,绷紧皮肤的一手拇指固定针栓,另一手推药,注入皮内0.1 ml,使局部形成一个半球形的皮丘,隆起的皮肤变白并显露毛孔。

5.请病人勿揉压局部,以免影响结果观察。并关照病人有任何不适,打铃呼叫护士。

6.用物应严格按照消毒隔离原则处理。

7.如进行药物的过敏试验,15～20 min后观察反应,作出判断并记录。如需做对照试验,用盛无菌生理盐水的注射器在另外一侧手臂的相同部位注入0.1 ml生理盐水,20 min后,对照观察反应。

【注意事项】

1.严格执行查对制度和无菌操作原则。

2.对有过敏史者不能进行药物过敏试验。

3.做药物过敏试验,忌用碘酊消毒,以免脱碘不彻底或对碘过敏影响试验结果的观察和判断。

4.注射时确保针尖斜面全部刺入,以使注入剂量准确。

【操作流程】

准备工作:
- 环境准备
- 用物准备（图1-13-1）
- 工作人员准备

↓

抽吸药液：查对检查药液，正确抽吸并排尽空气（图1-13-2）

↓

核对、解释（询问过敏史）

↓

定位：前臂掌侧下1/3段
消毒：用75%乙醇消毒

↓

再次核对排气
进针：左手绷紧皮肤，右手持针进针，针头斜面向上，角度小于5°，斜面进入后，放平注射器（图1-13-3）
推药：左手固定，右手注入药液0.1ml，形成一皮丘
拔针

↓

整理：整理床单位、用物，洗手
记录：15～20min后观察结果并记录

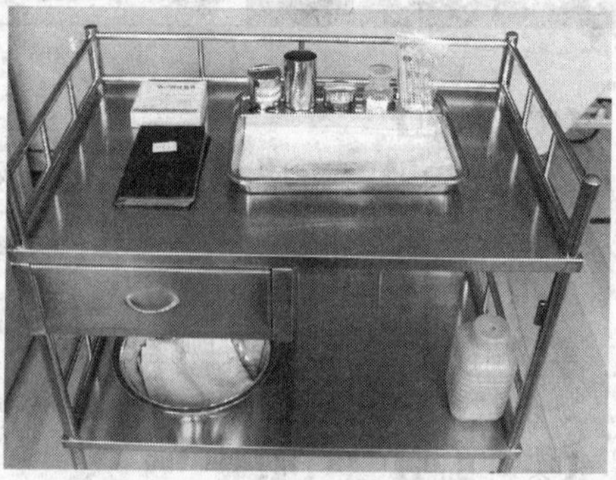

图 1-13-1　皮内注射用物

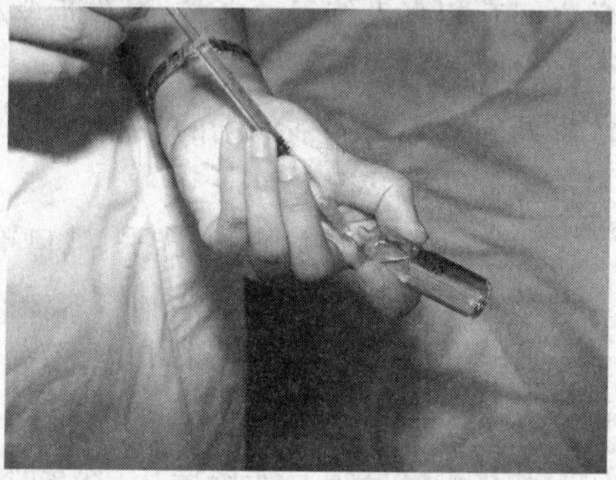

图 1-13-2　抽吸药液

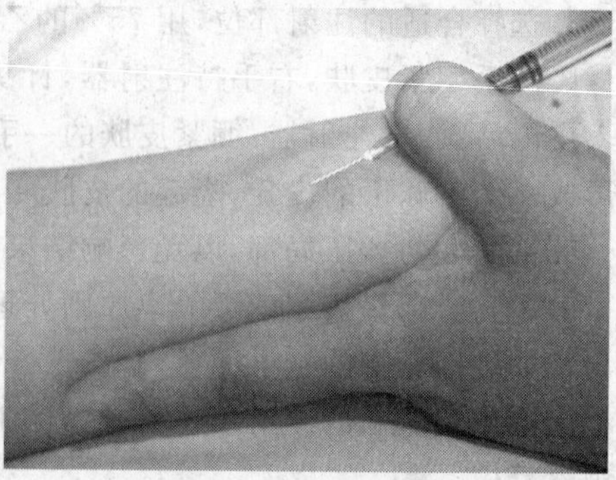

图 1-13-3　皮内注射

实训项目十四 皮下注射法

【实训目的】

1.说出皮下注射的部位、角度、进针深度、消毒方法。

2.能模拟皮下注射的操作步骤。

3.说出皮下注射的注意事项。

4.养成操作认真、负责的态度，树立对病人人文关怀的理念。

【实训时间】 2学时。

【实训方式】

教师示教后，学生分2～4人一组，在教师指导下同学先在模拟病人手臂上进行练习，然后同学之间互相真人练习并考核，操作后学生完成实验报告。

【实训准备】

1.病人准备 评估病人的一般情况，了解病人的诊断和目前治疗情况、用药史、所用药物的药理作用及注射部位皮肤的状况。

2.护士准备 衣帽整齐，洗手、戴口罩。

3.物品准备 注射盘(内有棉签、安尔碘、砂轮、擦手用消毒液、治疗碗)内另加1～2ml注射器，5号半或6号针头，注射卡，按医嘱准备药物。

4.环境准备 适合无菌操作，必要时拉床帘。

【实训内容】

1.核对、解释。

2.左手绷紧局部皮肤，右手持注射器，示指固定针栓，使针头斜面向上与皮肤呈30°～40°，迅速刺入针梗的1/2～2/3(过瘦者可捏起局部组织，穿刺角度适当减小)。松开左手，抽动活塞，检查有无回血。如无回血，缓慢推药。

3.用干棉签轻压穿刺点，快速拔针后按压至不出血为止。

4.用物按消毒原则严格处理。

【注意事项】

1.严格执行查对制度和无菌操作原则。

2.对皮肤有刺激性的药物一般不做皮下注射。

3.进针角度不宜超过45°，以免刺入肌层。

4.对长期皮下注射者，应经常更换注射部位，以保证药物的充分吸收。

5.如注射的药物少于1ml，需用1ml注射器，以保证注入药物的剂量准确。

【操作流程】

准备工作：
- 环境准备
- 用物准备（图1-14-1）
- 工作人员准备

⇓

抽吸药液：查对检查药液，正确抽吸并排尽空气

⇓

核对、解释

⇓

取体位：病人取坐位或站位，注射侧手臂叉腰
定位：上臂三角肌下缘，上臂外侧，两侧腹壁，后背，大腿前侧和外侧
消毒：常规用安尔碘消毒

⇓

再次核对排气
进针：左手绷紧皮肤，右手持针进针，针头斜面向上，角度为30°～40°，进针梗1/2~2/3（图1-14-2）
抽回血：回抽，无回血
推药：右手固定，左手注入药液

⇓

整理：整理床单位、用物，洗手
记录：观察并记录

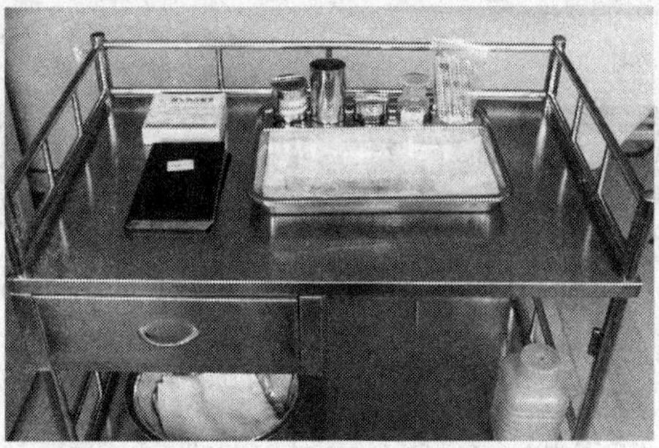

图 1-14-1　皮下注射用物

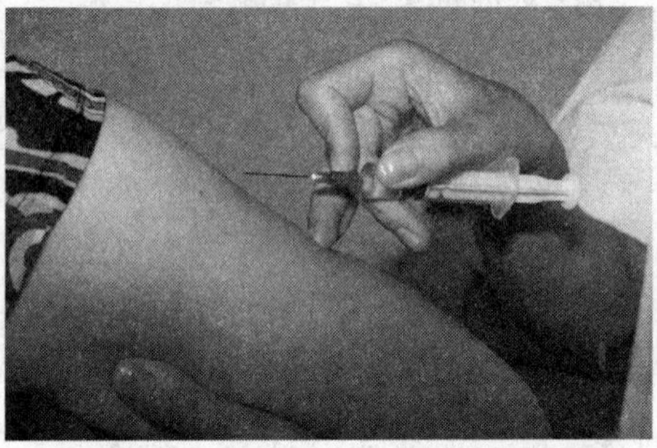

图 1-14-2　皮下注射进针

实训项目十五 肌内注射法

【实训目的】

1.说出肌内注射的部位、角度、进针深度、消毒方法、肌内注射的定位方法。

2.能模拟肌内注射的操作步骤。

3.说出肌内注射的注意事项。

4.养成操作认真、负责的态度,树立对病人人文关怀的理念。

【实训时间】 2学时。

【实训方式】

教师示教后,学生分2～4人一组,在教师指导下同学先在模拟病人臀部上进行练习,然后同学之间互相真人练习并考核,操作后学生完成实验报告。

【实训准备】

1.病人准备 评估病人的一般情况,了解病人的诊断和目前治疗情况、用药史、所用药物的药理作用及注射部位皮肤的状况。

2.护士准备 衣帽整齐,洗手、戴口罩。

3.物品准备 注射盘(内有棉签、安尔碘、砂轮、擦手用消毒液、治疗碗)内另加2ml或5ml注射器,6～7号针头,注射卡,按医嘱准备药物。

4.环境准备 适合无菌操作,拉床帘。

【实训内容】

1.核对、解释。

2.使肌肉松弛,易于进针:侧卧位(上腿伸直,下腿稍弯曲);俯卧位(足尖相对,足跟分开);仰卧位(用于危重及不能翻身的病人);坐位(要稍高,便于操作)。

3.定位要准确,如臀大肌注射,用十字法或连线法确定注射部位,避免损伤血管和神经。

4.左手拇指、示指绷紧皮肤,右手呈执笔姿势持注射器,中指固定针栓,针头和皮肤呈90°,以手臂带动手腕的力量,迅速刺入针梗的1/2～2/3,松开左手,抽动活塞,如无回血,缓慢推药。

5.用干棉签轻压穿刺点,快速拔针后按压至不出血为止。

6.用物按消毒原则严格处理。

【注意事项】

1.严格执行查对制度和无菌操作原则。

2.勿将针梗全部刺入以防从根部衔接处折断:如注射过程中发生针头折断,应嘱病人维持原卧位不动,固定局部组织,尽快用无菌血管钳将断端夹出;如断端全部埋入肌内,立即请外科医生处理。

3.2岁以内的婴幼儿宜选用臀中肌、臀小肌注射:因其臀部肌肉较薄,发育不完善,如在臀部反复注射,可能导致臀肌纤维化而致肌肉挛缩,另外注射时还可能损伤坐骨神经,所以不宜采用臀大肌注射。

4.交替使用注射部位：长期进行肌内注射的病人，应轮流有计划的使用注射部位，以避免或减少硬结的发生，若已出现硬结，可采用热敷，理疗等方法处理。

5.注意配伍禁忌：需同时注射两种药物时，应注意配伍禁忌。

【操作流程】

准备工作：
- 环境准备
- 用物准备（图1-15-1）
- 工作人员准备

⇓

抽吸药液：查对检查药液，正确抽吸并排尽空气

⇓

核对、解释

⇓

取体位：如为侧卧位，则上腿伸直，下腿稍弯曲；
俯卧位：足尖相对，足跟分开；坐位，重心偏向非注射一侧
定位：如为臀大肌，则用十字法或联线法定位
消毒：常规用安尔碘消毒

⇓

再次核对排气
进针：左手绷紧皮肤，右手持针进针（图1-15-2），针头斜面向上，角度为90°，进针梗1/2~2/3（图1-15-3）
抽回血：回抽，无回血
推药：右手固定，左手注入药液

⇓

整理：整理床单位、用物，洗手
记录：观察并记录

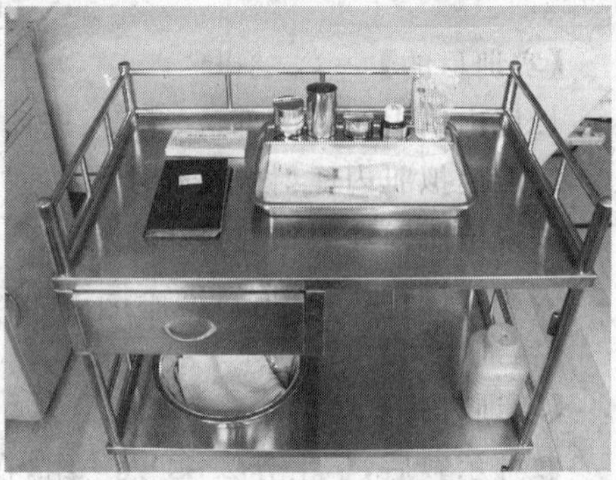

图 1-15-1　肌内注射用物

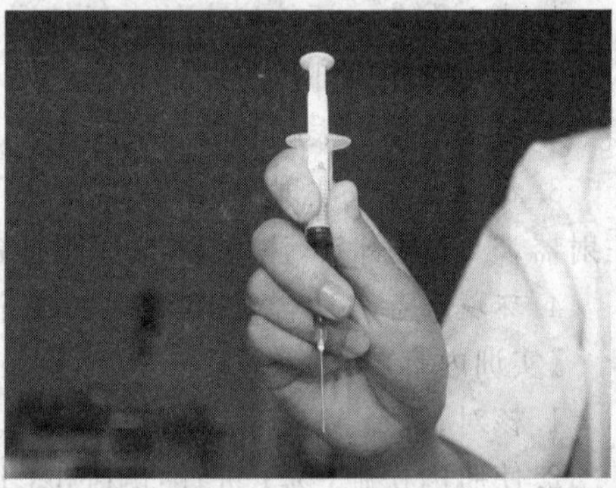

图 1-15-2　持针手法

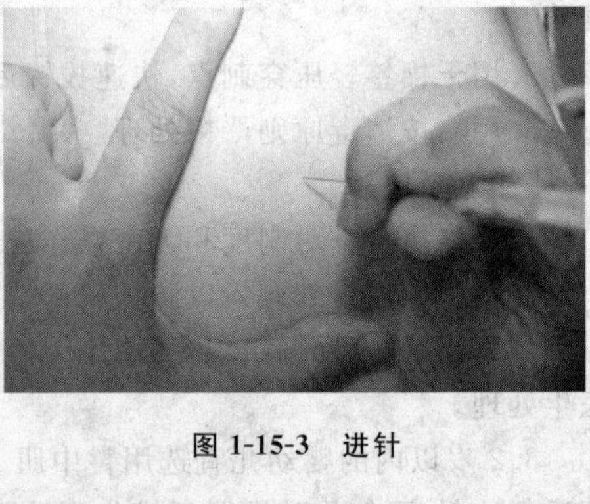

图 1-15-3　进针

实训项目十六 静脉注射法

【实训目的】

1. 说出静脉注射的部位、角度、进针深度、消毒方法。

2. 能模拟静脉注射的操作步骤。

3. 说出静脉注射的注意事项。

4. 养成操作认真、负责的态度，树立对病人人文关怀的理念。

【实训时间】 2学时。

【实训方式】

教师示教后，学生分2～4人一组，在教师指导下同学先在模拟病人手臂上进行练习，然后同学之间互相真人练习并考核，操作后学生完成实验报告。

【实训准备】

1. 病人准备　评估病人的一般情况，了解病人的诊断和目前治疗情况、用药史、所用药物的药理作用及穿刺静脉的深浅、走向、活动度、充盈度、静脉管壁的弹性及穿刺部位皮肤的状况等。

2. 护士准备　衣帽整齐，洗手、戴口罩。

3. 物品准备　注射盘(内有棉签、安尔碘、砂轮、擦手用消毒液、治疗碗)内另加无菌注射器(根据药液量准备)、针头为6号半、7号或头皮针、止血带、软枕、注射卡、输液敷贴、胶布、棉球。按医嘱准备药物。

4. 环境准备　适合无菌操作，必要时拉床帘。

【实训内容】

1. 核对、解释。

2. 用手指触摸静脉以探明静脉的深浅、走向、活动度、充盈度、静脉管壁的弹性。

3. 在穿刺部位上方约6cm处扎紧止血带，止血带的尾端应向上，使静脉充盈，易于穿刺。

4. 用安尔碘消毒皮肤，待干。请病人握拳便于静脉充盈。

5. 左手拇指绷紧静脉下端皮肤，使其固定，右手持注射器，示指固定针栓，针头斜面向上与皮肤约呈20°，从静脉上方或侧方刺入皮下，再沿静脉走向潜行刺入。见回血后，可根据穿刺静脉情况酌情再顺静脉推进少许，松止血带，同时请病人松拳。

6. 如为头皮针，可先用胶布固定针柄，注射过程中要试抽回血，如局部疼痛、肿胀，无回血，提示针头滑出静脉，应拔针按压穿刺点，准备更换部位、穿刺针，重新消毒穿刺。

7. 用棉球轻压穿刺点，快速拔针后按压、勿揉，至不出血为止。

8. 用物按消毒原则严格处理。

【注意事项】

1. 严格执行无菌、查对制度。

2. 选择合适的静脉：宜选择粗直，弹性好，易于固定的静脉，避开关节和静脉瓣的静脉。

3. 注意保护静脉：长期静脉注射者选择静脉应有计划的由小到大、由远心端至近心端，以保护血管。

4. 注药速度合适：根据病人的年龄、病情和药物性质，掌握合适的推注速度，并随时听取病人主诉，观察注射局部的情况及病情变化。

5. 避免强烈刺激性的药物溢出血管外：对组织有强烈刺激性的药物，应另备盛有无菌生理盐水的注射器和头皮针，先行穿刺，成功后，注入少量生理盐水以确认针头在静脉内，再注入药物，以免药物外溢导致组织坏死。

【操作流程】

准备工作：
- 环境准备
- 用物准备（图1-16-1）
- 工作人员准备

↓

抽吸药液：查对检查药液，正确抽吸并排尽空气

↓

核对、解释

↓

定位：四肢浅静脉
绑止血带：在止血带上方6cm处绑上止血带
消毒：常规用安尔碘消毒（图1-16-2）

↓

再次核对排气
进针：左手绷紧皮肤，右手持注射器，针头斜面向上，角度为15°～30°，进针梗1/2～2/3
推药：见回血，松止血带，松拳，右手固定注射器，左手注入药液（图1-16-3）
拔针：棉球按压进针点，快速拔针

↓

整理：整理床单位、用物，洗手
记录：15~20min后观察结果并记录

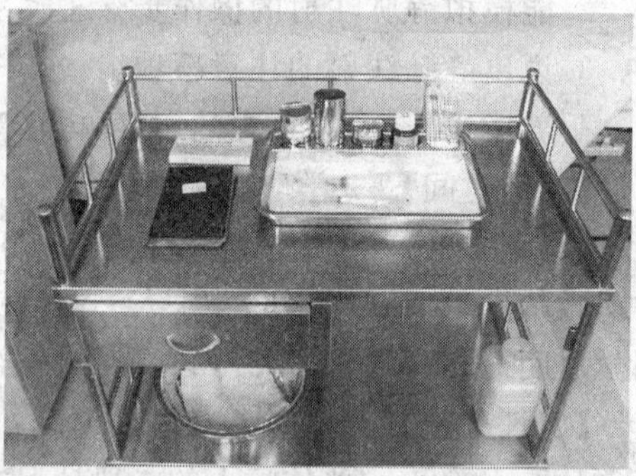

图 1-16-1　静脉注射用物

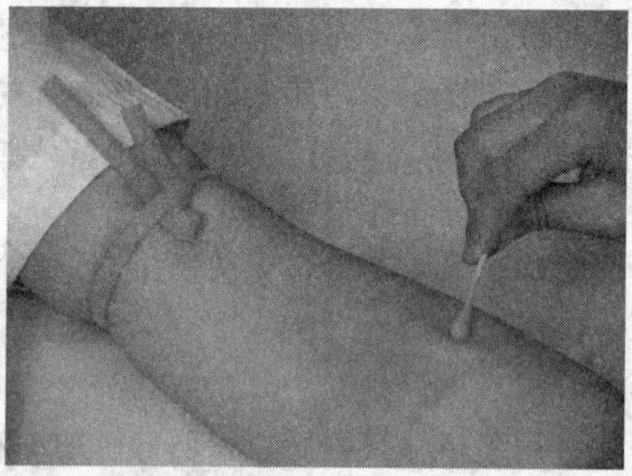

图 1-16-2　扎止血带与消毒

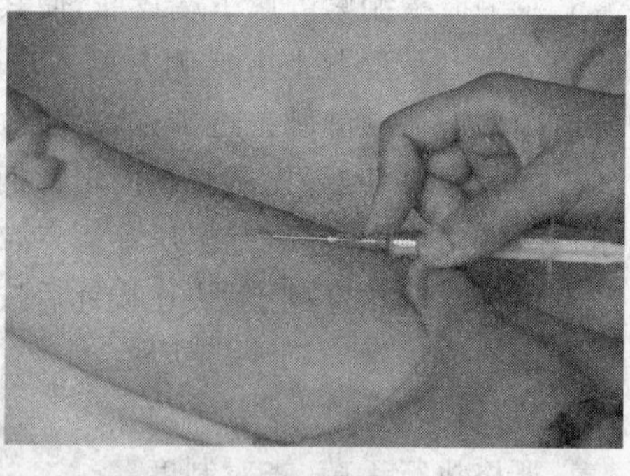

图 1-16-3　进针

实训项目十七　雾化吸入法

(一)氧气雾化吸入法

【实训目的】

1. 叙述雾化吸入法的目的及适应证。

2. 能模拟氧气雾化吸入法。

3. 简述氧气雾化吸入中常见问题的处理方法。

4. 说出操作中的注意事项。

5. 养成操作认真、负责的态度，树立对病人人文关怀的理念。

【实训时间】　1 学时。

【实训方式】

教师示教后，学生分 2～4 人一组，在教师指导下同学在模拟病人身上练习，同时多媒体循环播放这一操作的真实情景录像片，操作后学生完成实验报告。

【实训准备】

1. 护士准备　衣帽整齐，洗手、戴口罩。

2. 物品准备　氧气雾化吸入器，5ml 注射器，蒸馏水，吸氧装置一套。

3. 环境准备　病房或治疗室。

【实训内容】

1. 核对后向病人解释雾化的目的和注意事项。

2. 用蒸馏水将药液稀释至 5ml 注入雾化罐内，检查氧气雾化吸入器装置连接是否完好，有无漏气。

3. 协助病人取坐位或半坐卧位。

4. 助病人漱口，使之口腔清洁，连接雾化器与氧气装置，调节氧气流量至 6～8 L/min。

5. 请病人手持雾化器，将吸嘴放入口中，紧闭口唇，用鼻呼吸，深吸气吸入药液，如此反复进行，直至药液吸完为止。

6. 用物按消毒原则严格处理，一次性氧气雾化吸入器用后按规定处理。

【操作流程】

准备工作：
- 环境准备
- 用物准备（图1-17-1）
- 工作人员准备

↓

核对、解释
取体位，漱口、清洁口腔

↓

连接雾化器及氧气装置，调氧流量6～8L/min指导吸入方法（图1-17-2）

↓

取出雾化器，关闭氧气开关

↓

再次清洁口腔

↓

整理床单位，清理用物

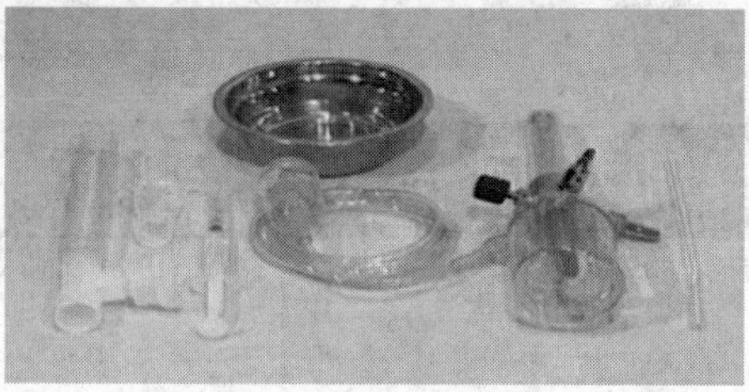

图 1-17-1　氧气雾化吸入物品

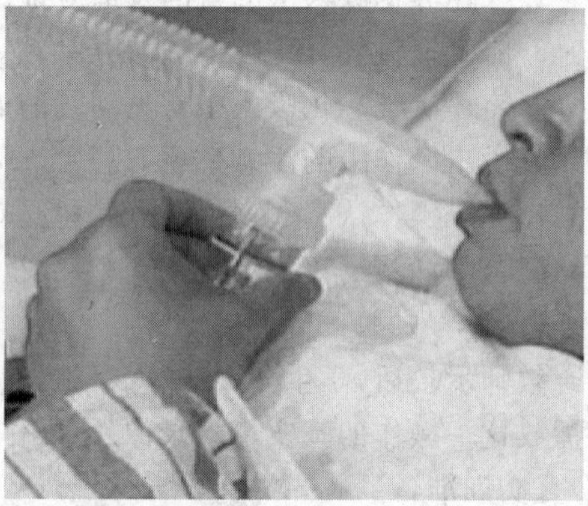

图 1-17-2　氧气雾化吸入

(二)超声波雾化吸入法

【实训目的】

1.叙述超声雾化吸入法的目的及适应证。

2.能模拟操作超声雾化吸入法。

3.简述超声雾化吸入中常见问题的处理方法。

4.说出操作中的注意事项。

5.养成操作认真、负责的态度，树立对病人人文关怀的理念。

【实训时间】 1学时。

【实训方式】

教师示教后，学生分2～4人一组，在教师指导下同学在模拟病人身上练习，同时多媒体循环播放这一操作的真实情景录像片，操作后学生完成实验报告。

【实训准备】

1.护士准备　衣帽整齐，洗手、戴口罩。

2.物品准备　治疗车上置超声雾化器一套、生理盐水、冷蒸馏水、药液、弯盘、水温计。

3.环境准备　清洁、舒适。

【实训内容】

1.使用前检查超声波雾化器各部件连接是否紧密，确保病人安全使用。

2.在水槽中加入冷蒸馏水，要求液面高度应浸没雾化罐底部的透声膜。

3. 将药液用生理盐水稀释至 30～50ml，注入雾化罐内，将罐盖旋紧，把雾化罐放入水槽内，盖紧水槽盖。

4. 向病人解释氧气雾化给药的目的及注意事项。

5. 协助病人取舒适体位，并在其颌下铺治疗巾，防止污染床单位。

6. 打开电源开关后指示灯亮。

7. 调节定时开关及雾量开关，根据病人的需要及耐受程度调节雾量。一般每次吸入时间为 15～20min。

8. 将面罩置于病人口鼻部或将口含嘴放入病人口中，指导其做深而慢的吸气，以利于药物达到呼吸道深部，充分发挥其作用。

9. 治疗完毕取下面罩或口含嘴，关闭开关。先关闭雾化开关，再关电源开关，否则电子管易损坏。

10. 观察超声波雾化吸入的治疗效果。

11. 将水槽内的水倒掉，并擦干水槽，将口含嘴、雾化罐、螺纹管在消毒液中浸泡 1h 后再洗净，晾干备用。

【注意事项】

1. 严格执行查对制度及消毒隔离原则。

2. 使用前，应检查机器各部分有无松动、脱落等异常情况，确保性能良好。

3. 水槽底部的晶体换能器和雾化罐底部的透声膜，薄而脆，使用时注意防止用力过猛引起破损。

4. 水槽和雾化罐中切忌加温开水或热水，水槽内若无足够的冷蒸馏水或雾化罐内无液体时不可开机，以免损坏机器。

5. 在使用过程中，应注意观察水槽内水温，如超过 50℃，应先关闭机器，再调换冷蒸馏水。若雾化罐内药液过少，影响正常雾化，可从盖上小孔处注入药液，可不必关机。

6. 如需连续使用，中间应间隔半小时，以防水温超过 50℃。

7. 若该机是一位病人专用，用毕，将口含嘴、雾化罐、螺纹管用冷开水冲净，1 个疗程结束后再消毒处理。如多位病人使用，每次使用后，将上述部件在消毒液中浸泡 1h 后再洗净，晾干备用。

【操作流程】

准备工作：
- 环境准备
- 物准备（图1-17-3）
- 工作人员准备

↓

检查雾化器
连接雾化器主体与附件（图1-17-4）

↓

水槽内加冷蒸馏水
稀释药液30～50ml，加入药罐内

↓

核对、解释

↓

取体位、铺治疗巾

↓

打开电源，调节雾量，设定时间

↓

将面罩扣于口鼻，指导吸入

↓

治疗毕取下面罩，先关雾化开关，再关电源开关

↓

调整体位，整理、处理用物，记录

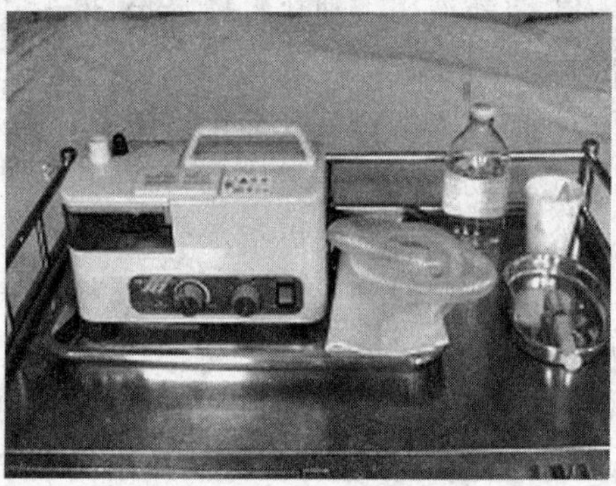

图 1-17-3　超声雾化吸入用物

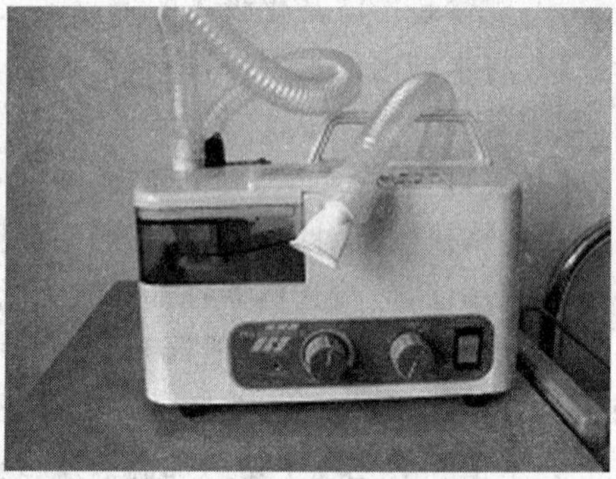

图 1-17-4　超声雾化吸入器的构造

实训项目十八 吸 氧 法

【实训目的】

1.叙述吸氧法的目的及适应证。

2.能正确进行吸氧操作方法。

3.说出操作中的注意事项。

4.养成操作认真、负责的态度,树立对病人人文关怀的理念。

【实训时间】 3学时(其中考核1学时)。

【实训方式】

教师示教后,学生分3人或4人一组,在教师指导下,在模型人身上练习,同时多媒体循环播放这一操作的真实情景录像片,操作后学生书写实验报告。

【实训准备】

1.护士准备 衣帽整洁,洗手、戴口罩。

2.用物准备 氧气筒、推车、治疗盘、氧气表、氧气管、湿化瓶、通气管、弯盘、双侧鼻导管、纱布、棉签、圆碗、板头、用氧记录卡、小污物盒。

3.环境准备 请无关人员离开,并拉上床帘。

【实训内容】

1.吸氧

(1)核对姓名、床号,向病人解释,以便取得合作。

(2)打开总开关1/4充气,随即关总开关。

(3)将氧气表与氧气筒连接,用手初步旋紧,然后将表稍向后倾,再用扳手旋紧,使氧气表直立。

(4)连接通气管、湿化瓶、氧气管和(或)鼻导管。

(5)检查小开关是否关闭,开总开关,再开小开关检查有无漏气,关紧小开关。

(6)用湿棉签清洁鼻腔。

(7)开小开关,调节氧流量,鼻导管置于小水杯内测试是否通畅。

(8)将鼻导管插入鼻孔、固定。

(9)记录吸氧时间,嘱咐注意事项。

2.停氧

(1)核对床号、姓名,评估病人用氧后改善情况,并向病人解释可以拔管。

(2)拔出鼻导管用纱布包住的同时清洁鼻部。

(3)关大开关。

(4)卸湿化瓶和氧气管,同时放余气,关小开关。

(5)记录停氧时间并嘱咐注意事项。

【注意事项】

1.保持鼻导管通畅,持续吸氧者每天更换鼻导管及湿化瓶1次或2次(鼻塞只要清洁),并换插另一鼻孔。

2.吸氧过程中观察缺氧状况有无改善,氧气装置是否通畅无漏气。

3.注意观察病人的神志、精神状态、皮温肤色、血压、脉搏、呼吸方式、氧饱和度及动脉血气分析的结果等来衡量氧疗效果,选择适当的用氧浓度。

4.注意用氧安全,做到四防:防震、防油、防火、防热。氧气筒内的氧气压力很高,为15.15 MPa。因此,在搬运时避免倾倒撞击,防止爆炸。氧气筒应放阴凉处,在筒的周围严禁烟火和易燃品,至少距明火5m、暖气1m。氧气表及螺旋口上勿涂油,也不用带油的手拧螺旋,避免引火燃烧。

5.氧气压力指针降至0.5MPa时不可再用。

6.鼻导管插入后需调节流量者,应先分离鼻导管接头,再调流量,以免一旦关与开倒置,大量气体冲入呼吸道会损伤肺组织。

7.对未用和已用完的氧气筒应分别注明“空”或“满”的字样,便于及时储备,以应急需。

【操作流程】

1.吸氧

准备工作:
- 环境准备
- 用物准备(图1-18-1)
- 工作人员准备

↓

核对、解释

↓

打开总开关冲气,装表,用手初步旋紧,再用扳手旋紧,使氧气表直立,连接湿化管、湿化瓶

↓

检查有无漏气,清洁鼻腔

↓

连接鼻导管,调节氧流量,试导管是否通畅插入鼻腔,固定(图1-18-2)

↓

记录用氧时间,嘱咐注意事项,整理用物

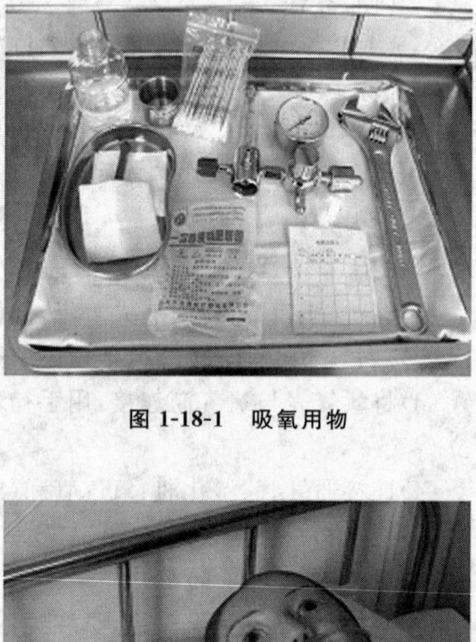

图1-18-1 吸氧用物

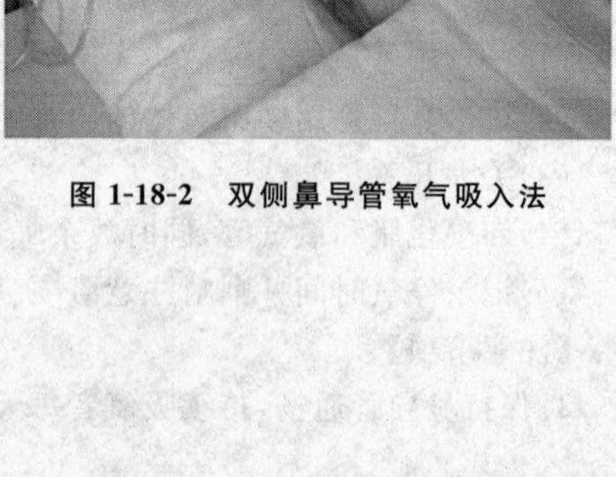

图1-18-2 双侧鼻导管氧气吸入法

2. 停氧(图 1-18-3)

准备工作：环境准备 / 用物准备 / 工作人员准备

⇓

评估、核对、解释

⇓

拔出鼻导管，清洁鼻部

⇓

关大开关，卸湿化瓶和氧气管，放余气关小开关

⇓

记录，嘱咐注意事项，整理、消毒

图 1-18-3　停氧

实训项目十九 吸 痰 法

【实训目的】

1. 叙述吸痰的目的及适应证。

2. 能正确进行吸痰法操作。

3. 说出操作中的注意事项。

4. 养成操作认真、负责的态度，树立对病人人文关怀的理念。

【实训时间】 3学时（其中考核1学时）。

【实训方式】

教师示教后，学生分3人或4人一组，在教师指导下，在模型人身上练习，同时多媒体循环播放这一操作的真实情景录像片，操作后学生书写实验报告。

【实训准备】

1. 护士准备　衣帽整洁，洗手，戴口罩。

2. 用物准备　消毒手套、消毒吸痰管、一次性消毒杯、生理盐水、装有湿化液5ml注射器、装有10ml呋喃西林或生理盐水注射器、负压吸引装置、必要时呼吸气囊与氧气连接。

3. 环境准备　请无关人员离开，符合无菌操作环境，并拉上床帘。

【实训内容】

1. 核对床号、姓名，向病人（清醒者）或家属（昏迷病人）解释取得合作。

2. 听呼吸音、痰鸣音。

3. 开动吸引器，调节压力。

4. 打开生理盐水，倒入一次性灭菌杯内。

5. 打开吸痰管，暴露末端，右手戴上手套保持无菌。

6. 右手持吸痰管与左手持吸引管连接。

7. 用左手拇指控制吸引阀门，吸痰管浸入生理盐水中试吸，将吸痰管插入气管内吸痰，抽出痰液并用生理盐水冲洗吸痰管。

8. 若痰液黏稠，注入2～5ml的生理盐水于气管内，稀释痰液后再次吸痰。

9. 将吸引管头泡于消毒液中，手套及吸痰管按一次性物品处理。

10. 清洁病人气管切口处，气管切开口上放置人工鼻，用生理盐水湿润。

11. 再次听诊，安置病人，整理，用物消毒处理。

【注意事项】

1. 缺氧患者吸痰前可加大氧流量或用呼吸皮囊加100%氧气加压呼吸，每次吸痰时间不超过15s，如病情需要，按照步骤可重复吸引，但最多不超过4次，重复吸痰中间约3min内应充分给氧后再吸痰，可用呼吸皮囊100%氧气加压呼吸。

2. 操作时必须严格执行无菌技术，吸痰管、手套、吸痰溶液及容器必须每次更换，避免因操作不当而引起交叉感染。

3. 操作时注意动作轻、快，避免损伤气管黏膜。

4. 吸引器各管道连接要准确、无漏气，吸引瓶内液体及时倾倒，水面不超过 2/3，瓶每天浸泡消毒。

5. 使用人工呼吸机病人，吸痰后与呼吸机连接，调节参数。

6. 气管切开处敷料，一般每天更换 1 次。

【操作流程】

准备工作：
- 环境准备
- 用物准备（图1-19-1）
- 工作人员准备

↓

核对、解释

↓

听诊呼吸音，开吸引器调压力：压力调至100～120mmHg（图1-19-2）

↓

倒无菌生理盐水于无菌杯，准备好吸痰管，右手戴无菌手套，吸痰管与吸引器连接

↓

吸痰：原则由深至浅，由下到上，左右旋转，必要时滴稀释液（图1-19-3）

↓

分离吸痰管、关机，清洁局部，气管切开口处套上人工鼻，用生理盐水湿润

↓

听诊痰鸣音

↓

操作后整理，观察、记录

图 1-19-1　用物准备

图 1-19-2　调节压力

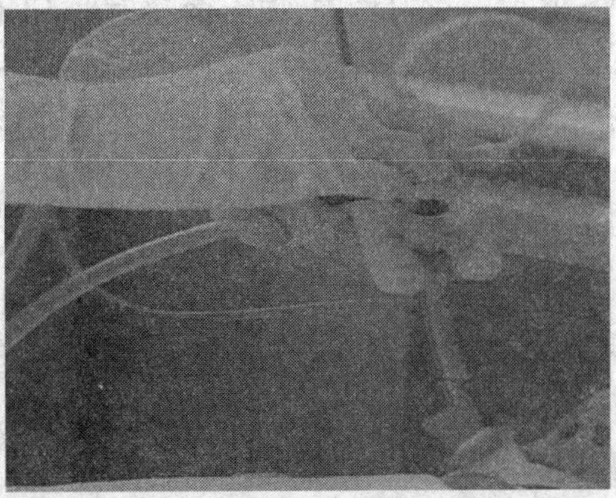

图 1-19-3　吸痰

实训项目二十 周围静脉输液术

【实训目的】

1.正确解释静脉输液的原理。

2.正确识别静脉输液常用溶液的种类及其作用。

3.合理选择穿刺部位。

4.说出静脉输液的注意事项。

5.按照正确的步骤和要求完成静脉输液的技术操作。

6.养成操作认真、负责的态度,树立对病人人文关怀的理念。

【实训时间】 8学时(其中考核2学时)。

【实训方式】

教师示教后,学生分2～4人一组,在教师指导下学生在模型人身上练习,结合多媒体循环播放这一操作的真实情景录像片,操作后学生书写实验报告。考核时,在真人身上进行,并相互扮演护士和病人角色。

【实训准备】

1.护士准备 衣帽整洁,洗手、戴口罩。

2.环境准备 按无菌操作要求准备环境。

3.用物准备 注射盘1套(内放皮肤消毒剂、无菌棉签、消毒止血带、开瓶器、砂轮、污物盒)、加药用注射器、输液卡、胶布、灭菌敷贴、一次性静脉输液器、小夹板及绷带(视需要而备)、液体及药物按医嘱准备、输液架及网袋(软袋可以不备)。

【实训内容】

1.按医嘱准备好输液贴(注明床号、姓名、药名、剂量、浓度)或直接在瓶签上注明床号、姓名、药名、剂量、浓度,准备好所需药物,核对检查药液(澄清度,有无颗粒、混悬物等),将输液贴倒贴在瓶上。

2.去瓶盖的中心部分,消毒瓶盖。

3.再次核对检查,取无菌注射器,正确吸取要加入的药物。将药物注入输液瓶内并混匀,再次检查和核对,检查输液瓶内溶液的质量,签名并注明配药时间。

4.检查输液管,必要时将网套套在输液瓶上,再次消毒瓶塞后插入输液器。

5.将备好的用物及输液瓶放在治疗车上,推至病人床旁,核对、解释。

6.再次查对后,将输液瓶挂在输液架上,协助病人取舒适卧位,选择注射部位。

7.排气时倒置茂菲滴管,打开调节开关,当药液平面达茂菲滴管1/2～2/3时,迅速放顺滴管,使液体缓慢下降,直至排导管内空气至接管处,关闭调节器。

8.选静脉扎止血带,消毒局部皮肤,备灭菌敷贴和胶布,再次消毒皮肤,必要时请病人握拳。

9.去头皮针塑料套再次排气,右手的拇指和示指持针小翼绷紧皮肤穿刺,进针见回血后再将针头平行送入血管少许,松止血带及调节器,并请病人松拳、用胶布、敷贴固定针头,放妥舒适位置。

10. 根据病情、年龄、药物性质调节滴速。在输液卡上记录输液时间、药物名称和剂量、滴速，签全名后挂于输液架上。

11. 协助病人取舒适卧位，向病人交代输液中注意事项，不可随意调节滴速，注意保护输液部位。

12. 在输液卡上记录输液时间、滴速、患者的全身及局部情况并签名。

13. 输液中加强巡视，观察有无输液反应发生，询问病人有无不适。

14. 需更换液体时，核对后常规消毒第二瓶瓶塞，从第一瓶中拔出通气管及输液管插入第二瓶中，调节滴速并记录。

15. 输液完毕，核对解释后轻轻揭开胶布，轻压穿刺点上方敷贴，快速拔针，按压片刻至不出血。

16. 整理床单位，清理用物，将一次性输液器按规定处理，止血带浸泡消毒。洗手并做好记录。

【注意事项】

1. 严格无菌操作和查对制度。

2. 根据治疗原则，按病情急、缓及药物半衰期等合理安排用药顺序。

3. 依病情需要及输入药液的情况选择输液部位，为保护静脉长期输液者一般从远心端小静脉开始穿刺。

4. 输液速度一般成人每分钟 40～60 滴，小儿每分钟 20～40 滴，对患有心、肺、肾疾病的病人、年老体弱病人、婴幼儿以及输注刺激性强的药物的病人，滴速宜慢；对严重脱水，心肺功能良好者速度应适当加快。

5. 密切观察有无输液反应，一旦发生及时处理。

6. 对持续输液者每 24 小时更换输液器。

7. 拔针时按压不可用力过大，以免引起疼痛；应按压静脉进针点，防止皮下出血。

【操作流程】

准备工作：
- 环境准备
- 用物准备（图1-20-1）
- 工作人员准备

⇓

核对、解释，嘱排尿

⇓

正确配药：查对、检查药液，正确吸取要加入的药物，将药物注入输液瓶内并混匀检查
插输液器：检查输液器后插入输液管

图 1-20-1　静脉输液用物

第一次排气：茂菲滴管药液1/2～2/3，排空气至接管处，关闭调节器

选静脉：选择合适部位，扎止血带于穿刺点上方6cm处

消毒：用碘仿(伏)消毒，备好敷贴，再次消毒再次核对排气（图1-20-2）

↓

穿刺：左手绷紧皮肤，右手持针翼穿刺，见回血后再将针头平行送入血管少许（图1-20-3）

三松：松止血带、调节器，并请病人松拳

固定：用敷贴分别固定针翼，穿刺点，输液管（图1-20-4）

↓

调节滴速：一般成人每分钟40～60滴

再次核对

↓

嘱咐：向病人交待输液中注意事项

整理：取舒适体位，整理，洗手

记录

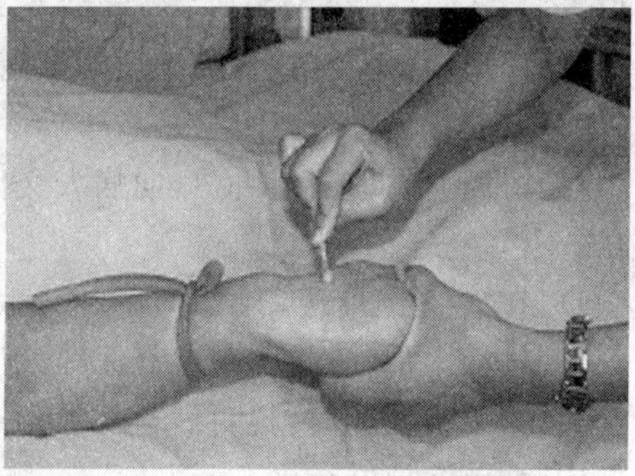

图 1-20-2　静脉选择及消毒

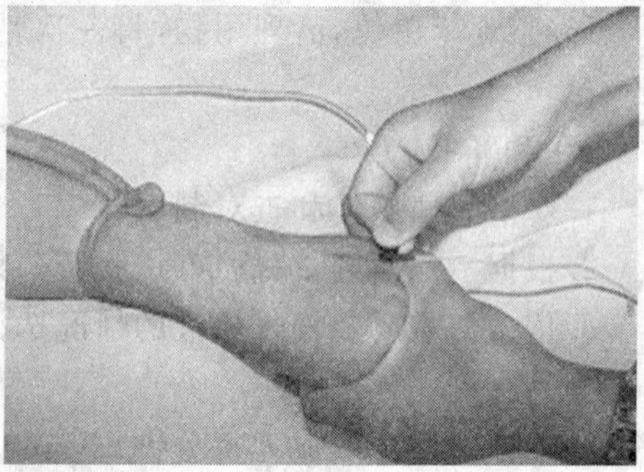

图 1-20-3　进针

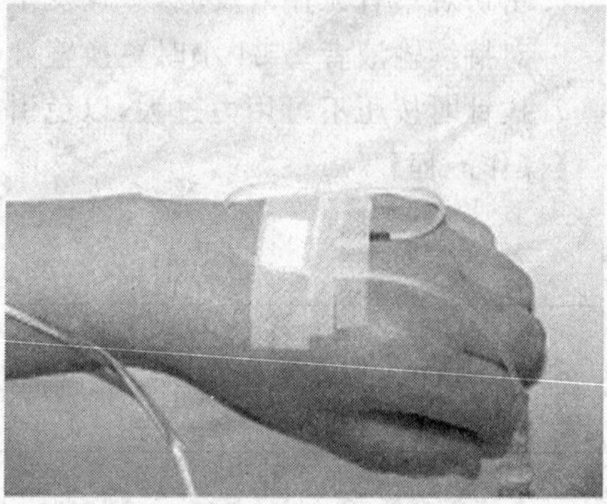

图 1-20-4　固定

实训项目二十一 留置静脉输液术

【实训目的】

1. 正确解释留置静脉输液术的目的。

2. 正确识别静脉输液常用溶液的种类及其作用。

3. 合理地选择留置穿刺部位。

4. 说出留置静脉输液病人的护理方法。

5. 按照正确的步骤和要求完成留置静脉输液的技术操作。

6. 养成操作认真、负责的态度,树立对病人人文关怀的理念。

【实训时间】 2学时。

【实训方式】

教师示教后,学生分2~4人一组,在教师指导下学生在模型人身上练习,结合多媒体循环播放这一操作的真实情景录像片,操作后学生书写实验报告。

【实训准备】

1. 护士准备 衣帽整洁,洗手、戴口罩。

2. 用物准备 静脉留置针、无菌手套、洞巾、无菌纱布(视需要)及适量肝素溶液,其余用物同周围静脉输液。

3. 环境准备 按无菌操作要求准备环境。

【实训内容】

1. 按医嘱准备好输液贴(注明床号、姓名、药名、剂量、浓度)或直接在瓶签上注明床号、姓名、药名、剂量、浓度,准备好所需药物,核对检查药液(澄清度,有无颗粒、混悬物等),将输液贴倒贴在瓶上。

2. 去瓶盖的中心部分,消毒瓶盖。

3. 再次核对检查,取无菌注射器,正确吸取要加入的药物。将药物注入输液瓶内并混匀,再次检查和核对,检查输液瓶内溶液的质量,签名并注明配药时间。

4. 检查输液管,必要时将网套套在输液瓶上,再次消毒瓶塞后插入输液管。

5. 将备好的用物及输液瓶放在治疗车上,推至病人床旁,核对、解释。

6. 再次查对后,将输液瓶挂在输液架上,协助病人取舒适卧位,选择注射部位。

7. 选择弹性好、走向直的清晰静脉。

8. 扎止血带在穿刺点上方10cm处。

9. 常规消毒8cm×8cm穿刺部位皮肤,必要时请病人握拳。

10. 检查留置针和敷贴的有效期和包装的完好性,打开包装。

11. 穿刺者戴手套,取出留置针。

12. 连接肝素帽及输液头皮针,去除针套,旋转松动外套管,调整针梗斜面,再次排气。

13. 穿刺者左手固定静脉,右手拇、示指持留置针针翼以15°~30°进针同时观察针头回血室有无回血。见回血后,降低穿刺角度,顺静脉走向再将留置针推进约0.5cm,确保套管进入血管内。

14. 右手退出针芯 0.5cm，手持针翼，将硅胶套管全部送入血管内。

15. 请病人松拳，松止血带，打开调速器，根据病人病情、年龄、药物需要正确调节滴速，抽出针芯。

16. 用无菌透明敷贴固定留置针，注明置管日期、时间，护士签名，胶布固定头皮针硅胶管，脱手套。

17. 填写输液卡，整理床单位，交代有关注意事项，洗手，记录。

18. 暂停输液时，用注射器向肝素帽内注入稀释肝素溶液或生理盐水 2ml，并用边推注边拔针的方法拔出输液头皮针，使导管及肝素帽充满肝素液。

19. 再次输液时先核对小胶布上的置管时间和日期，若置管仍在有效期内再常规消毒肝素帽的橡胶塞，再将静脉输液针插入肝素帽内输液。

20. 停止置管应先撕下小胶布，再解开无菌敷贴，将无菌棉签或无菌小纱布置于穿刺点前方，迅速拔除留置针，并按压穿刺点至不出血。

21. 整理用物，洗手，做好记录。

【注意事项】

1. 穿刺前要检查针头斜面有无倒钩，导管边缘是否光滑。

2. 护士动作要熟练、轻稳，注意保护自己并尽量避免导管口溢血。

3. 尽量避免下肢静脉穿刺留置针和有留置针的肢体下垂，以防血液回流阻塞针头。

4. 经常巡视病人，观察穿刺静脉有无红、肿、热、痛及静脉硬化，询问病人有无不适，如有异常应及时拔除导管。

5. 稀释肝素液指每毫升生理盐水含肝素 10～100U。

6. 透明敷贴每 1～2 天更换 1 次。留置针一般保留 3～5d，最长不超过 1 周。

7. 封管时注意将封管液充满软管，以防止堵管现象或局部静脉炎的发生，若再次输液发现有堵管，只能回抽，不能硬冲洗，以免血栓脱落。

【操作流程】

准备工作：
- 环境准备
- 用物准备（图1-21-1）
- 工作人员准备

⇩

正确配药：查对、检查药液，正确吸取要加入的药物，将药物注入输液瓶内并混匀检查
插输液器：检查输液器后插入输液管

⇩

核对、解释，嘱排尿

⇩

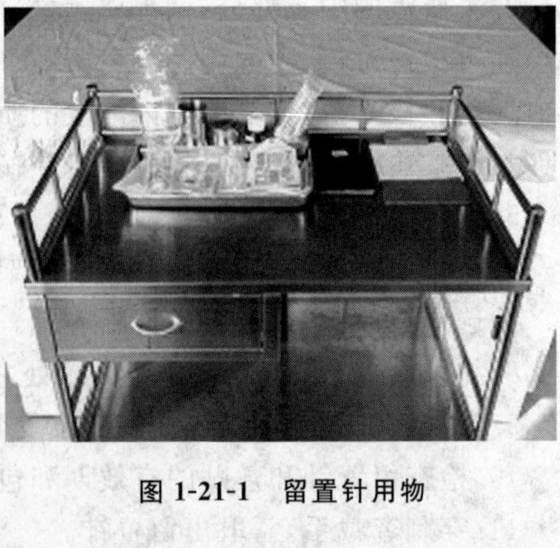

图 1-21-1　留置针用物

第一次排气：茂菲滴管药液1/2～2/3，排空气至接管处，关闭调节器
选静脉：选择合适部位，扎止血带于穿刺点上方6cm处
消毒：用碘仿(伏)消毒，备好敷贴，再次消毒

⇩

检查留置针，戴手套，取出留置针，连接肝素帽及静脉头皮针，去针套，再次核对排气

⇩

穿刺：左手绷紧皮肤，右手持针翼穿刺，见回血后退出针芯（图1-21-2）
三松：松止血带、松调节器，并请病人松拳
固定：用敷贴分别固定针翼，穿刺点，输液管（图1-21-3）

⇩

调节滴速：一般成人每分钟40～60滴
再次核对

⇩

嘱咐：向病人交待输液中注意事项
整理：取舒适体位，整理，洗手
记录

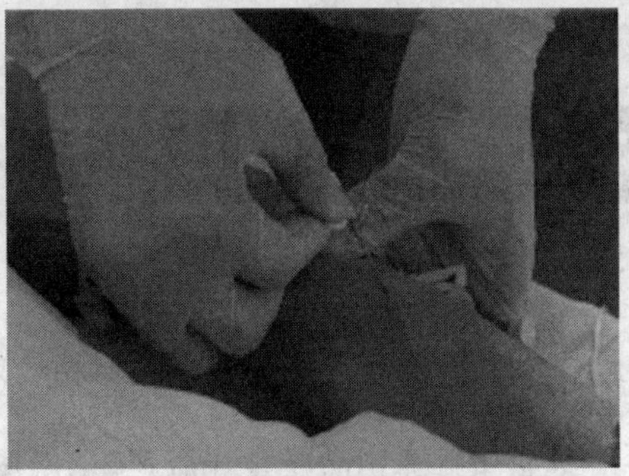

图 1-21-2　进针

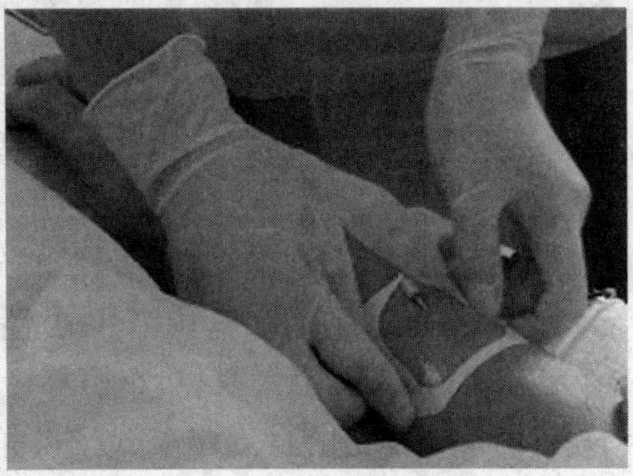

图 1-21-3　固定

实训项目二十二 留置导尿术

【实训目的】

1.叙述留置导尿的目的及适应证。

2.能正确进行留置导尿术操作。

3.说出操作中的注意事项。

4.养成操作认真、负责的态度，树立对病人人文关怀的理念。

【实训时间】 6学时(其中考核2学时)。

【实训方式】

教师示教后，学生分3人或4人一组，在教师指导下，在模型人身上练习，同时多媒体循环播放这一操作的真实情景录像片，操作后学生书写实验报告。

【实训准备】

1.护士准备 衣帽整齐，洗手、戴口罩。

2.用物准备 ①治疗盘内备一次性无菌导尿包(内有治疗碗或弯盘，无菌气囊导尿管，10ml无菌注射器，无菌集尿袋，小药杯1个内盛棉球，血管钳2把，润滑油棉签或棉球瓶1个，标本瓶，洞巾)。②其他：治疗车、胶布、屏风、安全别针。

3.环境准备 清洁宽敞，温度适宜。酌情关闭门窗，拉床帘或屏风遮挡病人。

【实训内容】

1.核对、解释，关门窗，屏风遮挡。

2.协助病人取仰卧位屈膝，脱去对侧裤腿盖在近侧腿上，被子盖在对侧腿上，两腿略外展，暴露外阴。

3.初步消毒：操作者一手戴手套，一手持血管钳夹取棉球按照由外向内、自上而下，先对侧再近侧的原则，消毒阴阜、大阴唇，再以戴手套的手分开大阴唇，消毒小阴唇和尿道口。消毒完毕，脱下手套置治疗碗内，将弯盘、治疗碗移至治疗车下层。

4.在病人两腿之间打开导尿包，戴无菌手套，铺洞巾，使洞巾和内层包布形成一无菌区。

5.按操作顺序排列好用物，选择一根合适的导尿管，用润滑油棉球润滑导尿管前端，接好集尿袋。

6.将弯盘置于病人会阴旁，一手示指、中指分开并固定小阴唇，一手持血管钳夹取消毒棉球，自尿道口开始由内向外，自上而下依次消毒尿道口、两侧小阴唇，最后在尿道口处加强消毒一次。

7.将无菌治疗碗移至洞巾旁，嘱病人张口呼吸，用另一血管钳夹持导尿管对准尿道口轻轻插入尿道4～6cm，见尿液流出再插入3～4cm。

8.向气囊注入10ml的空气或生理盐水，夹紧气囊末端，轻拉导尿管有阻力感。

9.将近会阴处的尿管用胶布固定在患者大腿上，用安全别针将集尿袋的引流管固定在床单上，将集尿袋妥善地固定在低于膀胱的高度，开放导尿引流管，观察尿液。

10.协助病人穿好裤子，取舒适的卧位，整理床单位，清理用物。

11. 洗手，记录。

【注意事项】

1. 操作时注意保暖，避免过多暴露病人，保护其自尊和隐私。

2. 严格执行无菌操作，避免污染无菌物品及跨越无菌区，防止发生感染。

3. 插管时动作轻柔，以免损伤尿道黏膜。老年女性尿道口回缩，插管时应仔细观察辨认。如导尿管误入阴道，应另换无菌导尿管重新插入。

4. 防止泌尿系统逆行感染

(1)保持尿道口清洁。女病人用消毒液棉球擦拭外阴及尿道口；男病人用消毒液棉球擦拭尿道口、龟头及包皮，每天1次或2次。

(2)及时排空集尿袋，并记录尿量，每日定时更换集尿袋。

(3)每周更换导尿管1次，硅胶导尿管可酌情延长更换周期。

(4)鼓励病人多饮水，以达到自然冲洗尿路的目的，减少尿路感染。

(5)保持引流通畅，避免导尿管受压、扭曲、堵塞等导致泌尿系统的感染。

6. 训练膀胱反射功能，可采用间歇性夹管方式。夹闭导尿管，每3～4小时开放1次，使膀胱定时充盈和排空，促进膀胱功能的恢复。

7. 注意倾听病人的主诉并观察尿液情况，发现尿液混浊、沉淀、有结晶时，应及时处理，每周尿常规检查1次。

8. 病人离床活动时，用胶布将导尿管远端固定在大腿上，以防导尿管脱出。集尿袋不得超过膀胱高度并避免挤压，防止尿液反流，导致感染的发生。

【操作流程】

准备工作：
- 环境准备
- 用物准备（图1-22-1）
- 工作人员准备

↓

核对、解释，关门窗，屏风遮挡

↓

松被：松开床尾盖被，脱去对侧裤腿
取体位：仰卧屈膝，两腿略外展

↓

初步消毒：由外向内，自上而下

↓

打开导尿包，带无菌手套，铺洞巾

↓

放置好包内用物
检查气囊及导管
润滑尿管头端，接尿袋
再次消毒尿道口：由内向外，自上而下（图1-22-2）

图 1-22-1　留置导尿用物

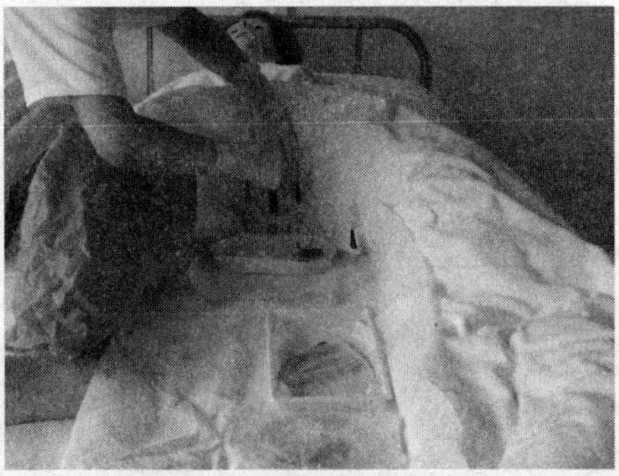

图 1-22-2　再次消毒

插管：插入4～6cm，见尿再进3～4cm，夹管（图1-22-3）
固定：向气囊内注入无菌生理盐水（图1-22-4），固定于床旁

整理：协助病人穿裤，安置舒适卧位，整理床单位、用物，洗手
记录：记录导尿情况

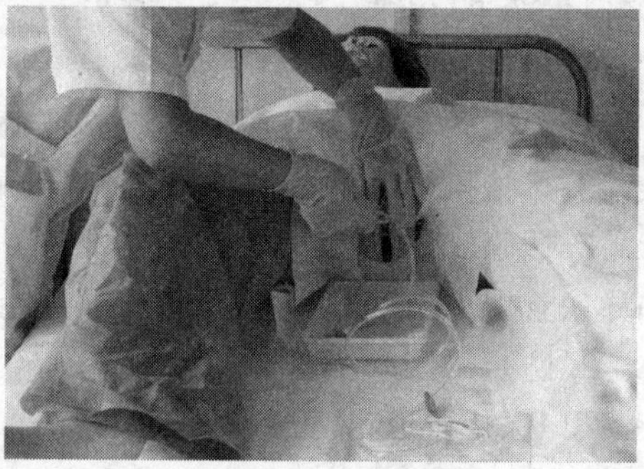
图 1-22-3 插管

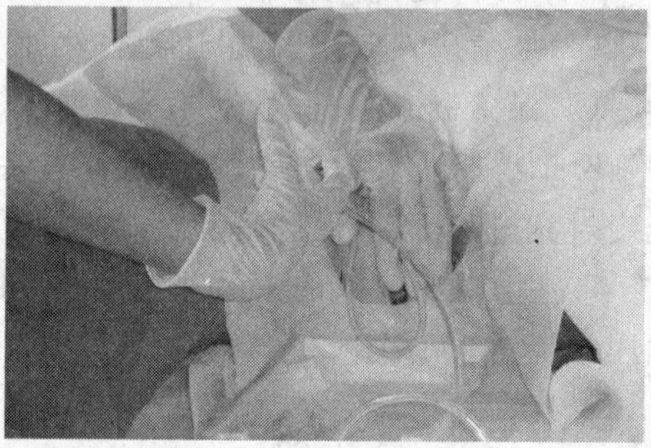
图 1-22-4 固定

实训项目二十三　大量不保留灌肠术

【实训目的】

1.叙述大量不保留灌肠的目的及适应证。

2.学会大量不保留灌肠的操作。

3.简述插管中可能遇到的问题及处理方法。

4.说出操作中的注意事项。

5.养成操作认真、负责的态度，树立对病人人文关怀的理念。

【实训时间】　2学时。

【实训方式】

教师示教后，学生分3人或4人一组，在教师指导下，在模型人身上练习，同时多媒体循环播放这一操作的真实情景录像片，操作后学生书写实验报告。

【实训准备】

1.护士准备　衣帽整洁，洗手、戴口罩。

2.用物准备　①治疗盘内备灌肠筒一套（橡胶管全长约120cm、玻璃接管、筒内盛灌肠液）、肛管、血管钳（或液体调节开关）、润滑剂、棉签。②治疗盘外备卫生纸、一次性治疗巾、弯盘、便盆、便盆巾、输液架、水温计、必要时备屏风。

3.环境准备　清洁宽敞，温度适宜，酌情关闭门窗，拉床帘或屏风遮挡病人。

【实训内容】

1.核对、解释。嘱病人排尿，关闭门窗，用屏风或床帘遮挡。

2.协助病人取左侧卧位，双膝屈曲，褪裤至膝部，臀部移至床沿。垫橡胶单和治疗巾于臀下，置弯盘于臀边。

3.将灌肠筒挂于输液架上，筒内液面高于肛门40～60cm。

4.连接肛管，润滑肛管前端，排气，见液体流出后，用止血钳夹闭橡胶管，一手垫卫生纸分开肛门，嘱病人深呼吸，另一手将肛管轻轻插入直肠7～10cm。固定肛管，开放肛管使溶液缓缓流入。

5.密切观察筒内液面下降和病人的情况，给予处理。

6.待灌肠液即将流尽时夹管，用卫生纸包裹肛管轻轻拔出放入弯盘内，擦净肛门。

7.协助病人取舒适的卧位，嘱其尽量保留5～10min再排便。

8.协助病人穿裤，整理床单位，开窗通风。

9.观察大便性状，必要时留取标本送检。

10.清理用物，洗手，在体温单大便栏内记录灌肠结果。

【注意事项】

1.正确选用灌肠溶液，注意溶液的温度、浓度和量。

2.插管时动作轻柔，注意插管的方向以及病人的体位，插管时，应嘱病人深呼吸，以利于插入肛管。如遇插管受阻，可退出少许，旋转后缓缓插入，切勿用力插入，以免损伤肠黏膜。

3.压力不宜过大，流速不宜过快；伤寒病人筒内液面不得高于 30cm，液量不得超过 500ml。

4.如有腹痛、大汗淋漓应停止灌肠，及时报告医生。

5.灌肠后排便 1 次为 1/E。灌肠后无排便记为 0/E，如降温灌肠，液体要保留 30min，排便后 30min，测量体温并记录。

6.反复使用清水或盐水灌肠，会导致水、电解质失衡，为婴儿或心肾灌流量异常的成年病人用清水灌肠时尤应注意。若重复低渗溶液灌肠，可使病人增加血容量引起水中毒。

7.清洁灌肠即反复多次进行大量不保留灌肠，第一次用肥皂，以后用等渗盐水直至排出液清洁无粪便为止，灌肠时压力要低。

8.急腹症、消化道出血、妊娠、严重心血管疾病、肠道术后早期等病人禁忌灌肠。

【操作流程】

准备工作：
- 环境准备
- 用物准备（图1-23-1）
- 工作人员准备

↓

核对、解释，关门窗，屏风遮挡

↓

取体位：取左侧卧位，双膝屈曲脱裤至膝部
臀部移至床沿

↓

挂筒：灌肠筒挂于输液架上，液面距肛门 40～60cm
铺巾：臀下垫治疗巾，弯盘置于臀边

↓

润滑：连接肛管，润滑肛管前端
排气：排尽管内气体，夹管（图1-23-2）
插管：将肛管轻轻插入直肠7～10cm（图1-23-3）
灌入液体：观察筒内液面下降情况及病人反应

↓

夹管：灌肠液灌完时及时夹管、拔出肛管、清洁肛门

↓

嘱咐：请病人尽量保留5～10min
整理：整理床单位，用物，保持病房的整洁
记录：洗手、记录

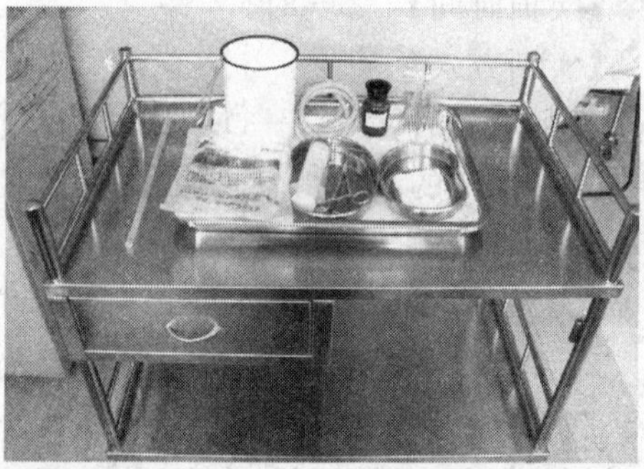

图 1-23-1　灌肠物品

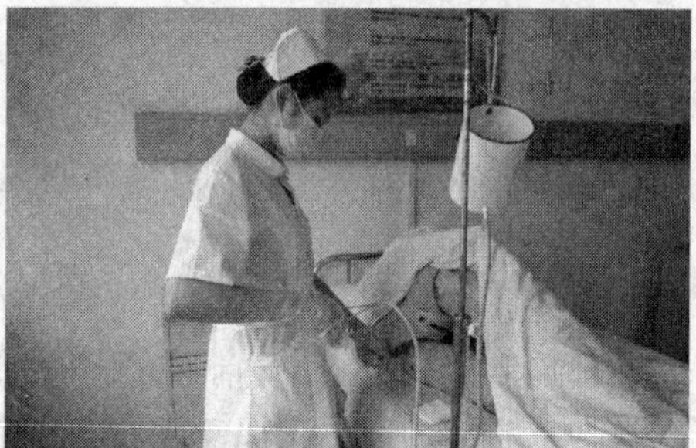

图 1-23-2　排气

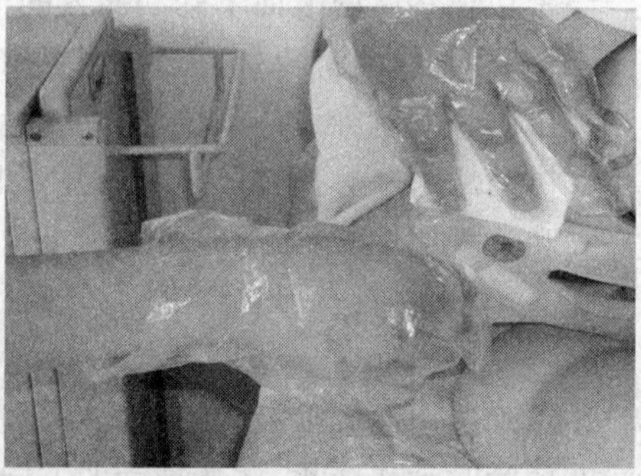

图 1-23-3　插管

实训项目二十四 乙醇拭浴

【实训目的】

1.叙述乙醇拭浴目的及适应证。

2.学会乙醇拭浴的操作方法。

3.说出操作中的注意事项。

4.养成操作认真、负责的态度，树立对病人人文关怀的理念。

【实训时间】 1学时。

【实训方式】

教师示教后，学生分3人或4人一组，在教师指导下，在模型人身上练习，同时多媒体循环播放这一操作的真实情景录像片，操作后学生书写实验报告。

【实训准备】

1.护士准备　衣帽整洁，洗手、戴口罩。

2.用物准备　治疗盘内备：热水袋及套、冰袋及套、小毛巾2块、大毛巾，衣裤、屏风、治疗碗（内盛25%～35%乙醇200～300ml，温度约为30℃）。

3.环境准备　清洁宽敞，温度适宜。酌情关闭门窗，拉床帘或屏风遮挡病人。

【实训内容】

1.核对、解释。

2.用屏风遮挡病人，协助病人排空大小便。

3.置冰袋于病人头顶部，置热水袋于足底。

4.协助病人脱去上衣，将大毛巾垫于擦拭部位的下面，将小毛巾浸入温水或乙醇内，再拧至半干，缠于手上成手套状，以离心方向边擦边拍拭，擦毕用大毛巾擦干皮肤，更换衣裤。

5.按顺序擦拭

(1)上肢：颈外侧→上臂外侧→手背；侧胸→腋窝→上臂内侧→手掌。

(2)背部：协助病人侧卧，露出背部，用同样手法从颈部向下擦拭全背，更换上衣，协助病人仰卧。

(3)双下肢：髂骨→大腿外侧→足背；腹股沟→大腿内侧→内踝；股下→腘窝→足跟。

6.盖好盖被，取下热水袋，整理床单位，清理用物，记录。

7.30min后测量体温，若体温降至39℃以下，取下头部冰袋并记录。

【注意事项】

1.由于全身用冷，血管的收缩和扩张的反应较强烈，容易发生病情变化，一旦病人出现寒战、面色苍白、脉搏和呼吸异常等情况，应当即停止擦浴，配合医生处理。

2.禁擦胸前区、后颈、腹部及足底，这些部位对冷的刺激较敏感，可引起不良反应。

3.每个部位（两上肢、两下肢、背部）擦拭3min，全过程不超过20min。

4.腋窝、肘窝、腹股沟、腘窝为大血管经过的浅表处，应多擦拭片刻以促进散热。

【操作流程】

准备工作：
- 环境准备
- 用物准备（图1-24-1）
- 工作人员准备

↓

核对、解释，关门窗，屏风遮挡，协助病人排空大小便

↓

置冰袋于头顶，置热水袋于足底

↓

脱衣，边擦边拍拭（图1-24-2）

↓

顺序

上肢：颈外侧→上臂外侧→手背；侧胸→腋窝→上臂内侧→手掌

背部：从颈部向下擦拭全背，换上衣

双下肢：髂骨→大腿外侧→足背；腹股沟→大腿内侧→内踝；股下→腘窝→足跟

↓

安置：盖好盖被，取下热水袋

整理：床单位，清理用物

记录

↓

测温：30min后，若体温降至39℃以下，取下头部冰袋并记录

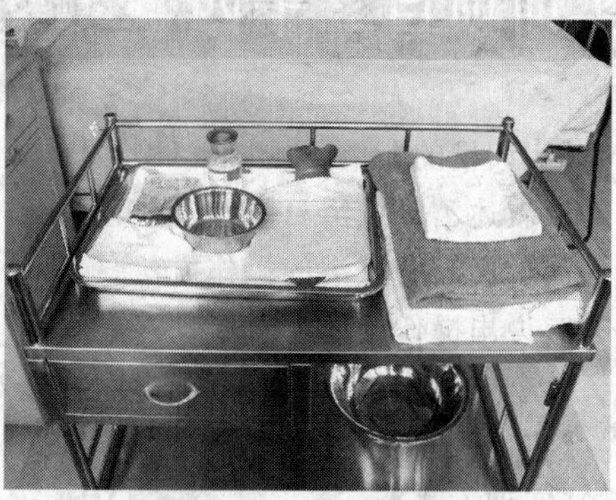

图 1-24-1　乙醇擦浴用物

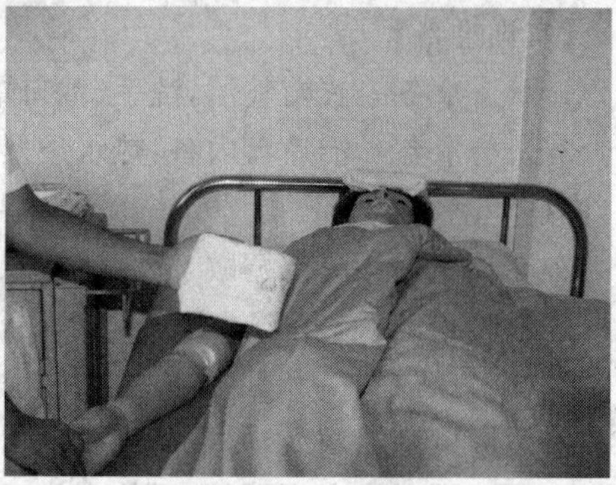

图 1-24-2　擦浴方法

实训项目二十五 动脉采集血液标本法

【实训目的】

1.阐述动脉血标本采集的原则。

2.明确动脉血标本采集的注意问题。

3.能够模拟操作动脉血标本采集的方法。

【实训时间】 0.5学时。

【实训方式】

教师示教后，学生分2～4人一组，在教师指导下在模型手臂上测量练习，同时多媒体循环播放这一操作的真实情景录像片，操作后学生记录检查结果。

【实训准备】

1.护士准备 衣帽整洁，洗手、戴口罩。

2.环境准备 按无菌操作要求准备环境。

3.用物准备 注射盘内备无菌2ml或5ml一次性注射器、肝素、无菌纱布、软木塞。必要时备无菌手套。

【实训内容】

1.携用物至床前，根据检验单核对病人床号、姓名，再次解释采血的目的以及配合方法，取得病人合作。

2.选择合适的动脉，首选桡动脉，其次选股动脉。

3.常规消毒皮肤，直径为6～8 cm。

4.抽吸肝素0.5 ml使注射器内壁湿润后，余液全部弃去。

5.戴无菌手套或常规消毒左手的示指、中指，以固定欲穿刺的动脉。

6.右手持注射器，在左手的示指、中指间垂直或与动脉走向呈40°刺入动脉，注意回血并判断是否动脉血，固定针头，取血1ml。

7.采血毕，迅速拔出针头，同时用无菌纱布加压按压5～10min。

8.立即将针尖斜面刺入软木塞，以隔绝空气，揉搓针管以免凝血。

9.按照消毒隔离原则进行处理，脱去手套、洗手。

10.将标本连同化验单及时送检，特殊标本应注明采集时间。

【注意事项】

1.严格执行无菌技术，以防感染。

2.进行血气分析时，不用止血带，不能抽吸血液。

3.采集动脉血后应立即封闭针孔，避免空气进入，影响检验结果的准确性。

4.有出血倾向的病人，谨慎使用。

5.吸氧病人在检验申请单上注明吸氧的流量。

【操作流程】

准备工作：
- 环境准备
- 用物准备（图1-25-1）
- 工作人员准备

↓

核对、解释

↓

选动脉：首选桡动脉，其次选股动脉
消毒：直径为6～8cm

↓

抽肝素：抽吸肝素0.5ml使注射器内壁湿润后，余液全部弃去
固定：戴无菌手套或常规消毒左手的示指、中指，固定动脉

↓

进针：右手持注射器，在左手的示指、中指间垂直或与动脉走向呈40°刺入动脉，固定针头，取血1ml（图1-25-2）
按压：用无菌纱布加压按压5～10 min

↓

将针尖斜面刺入软木塞，揉搓针管（图1-25-3）

↓

整理：按常规处理用物，脱去手套，洗手
送检：将标本连同化验单及时送检

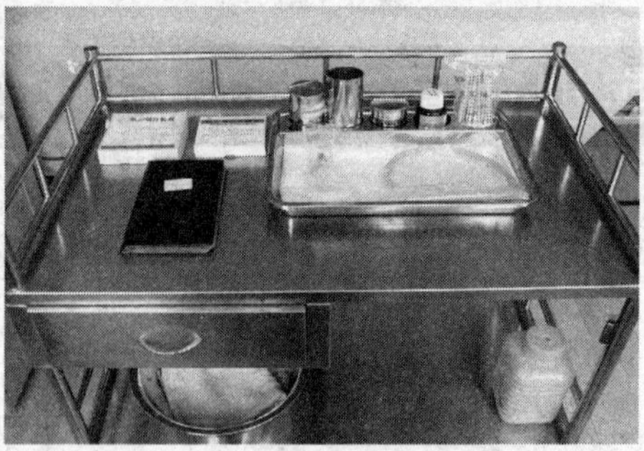

图 1-25-1　动脉标本采集物品

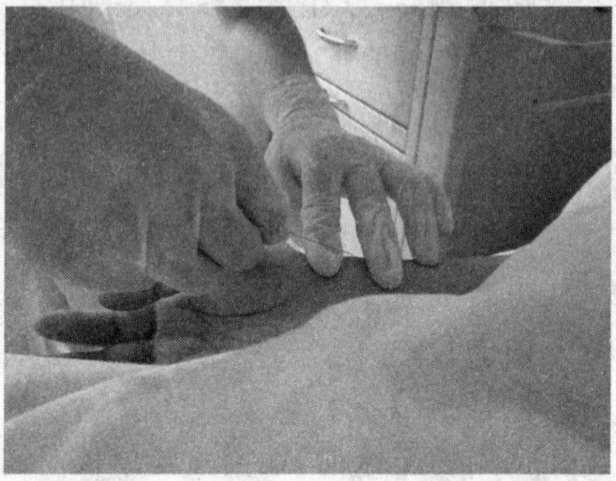

图 1-25-2　桡动脉进针角度

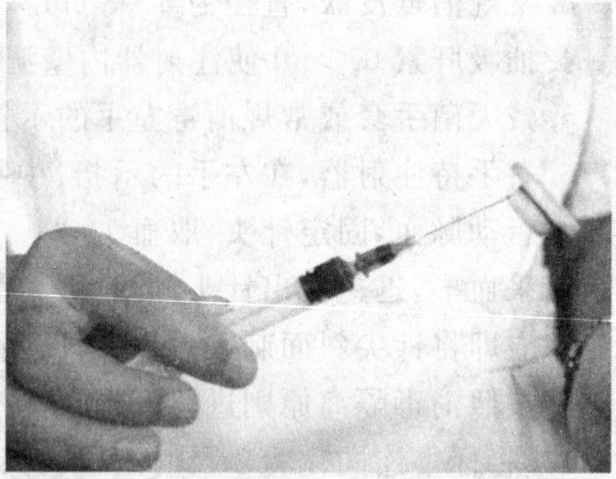

图 1-25-3　动脉血送检

实训项目二十六　静脉采集血液标本法

【实训目的】

1. 阐述静脉血标本采集的原则。

2. 明确静脉血标本采集的注意问题。

3. 能够正确操作静脉血标本采集的方法。

【实训时间】　0.5 学时。

【实训方式】

教师示教后，学生分 2～4 人一组，在教师指导下在模型手臂上练习，同时多媒体循环播放这一操作的真实情景录像片，操作后学生记录检查结果。

【实训准备】

1. 护士准备　衣帽整洁，洗手、戴口罩。

2. 环境准备　按无菌操作要求准备环境。

3. 用物准备　注射盘内备止血带，一次性无菌注射器(5ml 或 10ml)、针头(7 号)或一次性采血器，标本容器(干燥试管、抗凝试管或血培养瓶)、检验单，按需要备酒精灯、火柴等。

【实训内容】

1. 根据检验目的，选择适当的容器，将检验单附联注明科室、病室、床号、姓名、检验目的和送验日期贴于容器上并核对，以防发生错误。

2. 携用物至床前，根据检验单核对病人床号、姓名，再次解释采血的目的以及配合方法，取得病人合作。

3. 按照静脉注射法选择合适的静脉。

4. 在穿刺点上方 6cm 处扎止血带，扎好的止血带尾端向上。

5. 戴手套，行静脉穿刺，见回血后抽动活塞采血。

6. 请病人松拳，以干棉签按压穿刺点迅速拔出针头，注意按压的部位和时间。

7. 血液注入容器①血清标本：取下针头，将血液沿管壁缓缓注入干燥试管内，弃去泡沫，勿震荡，以防红细胞破裂而造成溶血；②全血标本：取下针头，将血液沿管壁缓缓注入盛有抗凝剂的试管内，立即轻轻旋转摇动，使血液和抗凝剂混匀，以防血液凝固；③培养标本：先除去铝盖中心部分，用 2%碘酊、75%乙醇消毒瓶塞，更换针头后将抽出的血液注入瓶内，轻轻摇匀。

8. 检查病人穿刺部位，协助病人取舒适卧位。

9. 清理用物，按照消毒隔离原则进行处理，脱去手套，洗手。

10. 将标本连同化验单及时送检，特殊标本应注明采集时间。

附：真空定量采血器采血法

【实训内容】

真空定量采血器法 1、2、3、4 步骤同注射器静脉采血法，真空采血器见图 1-26-1。

5. 戴手套，打开采血针头包装小袋，取出采血针，取下针头保护帽，手持采血器针头行静脉穿刺，见回血后，将瓶塞穿刺针刺入真空储血管内，管内负压状态可使所需量的血液流入储血管，也可按管壁上的刻度控制采血量。

6. 其他步骤同注射器静脉采血法。

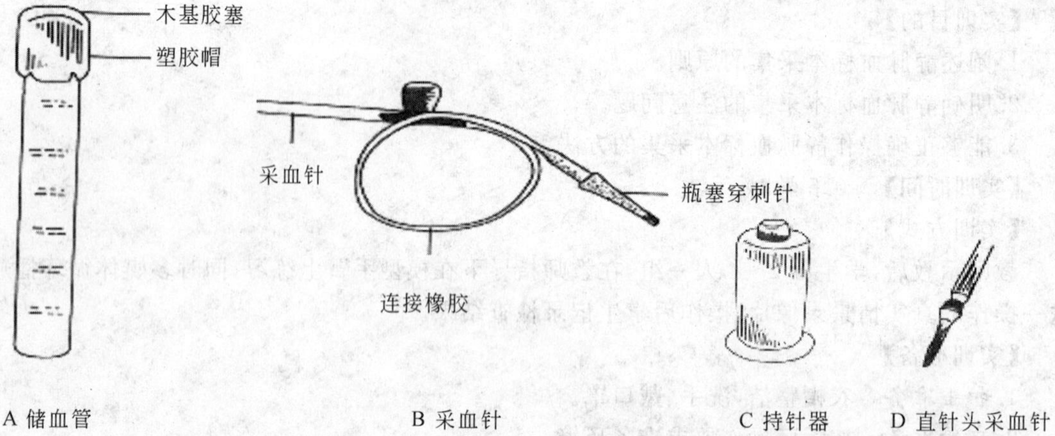

图 1-26-1 真空采血器

【注意事项】

1. 做生化检验，要清晨空腹采血，应事先通知病人禁食。

2. 根据不同的检验目的准备标本容器，并计算采血量；注入标本容器的顺序要正确。一般血培养采集血标本 5ml，亚急性细菌性心内膜炎病人，采血量可以增至 10～15ml。

3. 严禁在输液、输血的针头处抽取标本。

4. 尽可能使用真空定量采血器采集血标本。

5. 尽量缩短止血带压迫时间，标本及时送检，避免检验结果出现误差。

【操作流程】

准备工作：
- 环境准备
- 用物准备（图1-26-2）
- 工作人员准备

⇩

核对、解释

⇩

定位：四肢浅静脉
扎止血带：在穿刺点上方6 cm处扎止血带
消毒：常规消毒

⇩

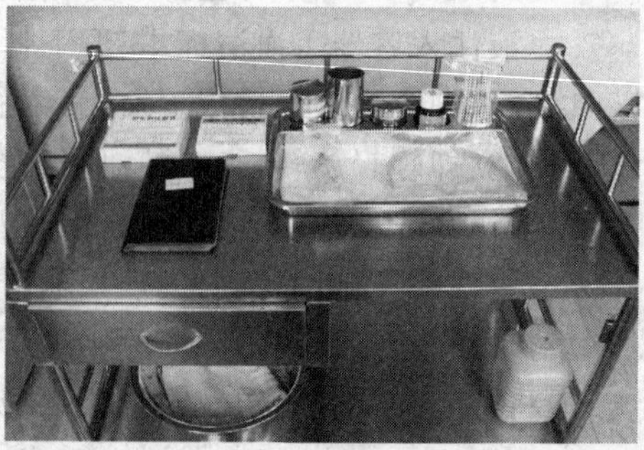

图 1-26-2 静脉血标本采集物品

戴手套进针：左手绷紧皮肤，右手持针进针，针头斜面向上，角度为15°～30°

↓

采集标本：见回血后抽动活塞采血（图1-26-3）
拔针：用棉球按压穿刺点（图1-26-4）

↓

将血液用正确的方法注入血液容器

↓

检查病人穿刺部位，协助病人取舒适卧位

↓

按常规处理用物，脱去手套，洗手标本及时送检，特殊标本应注明采集时间

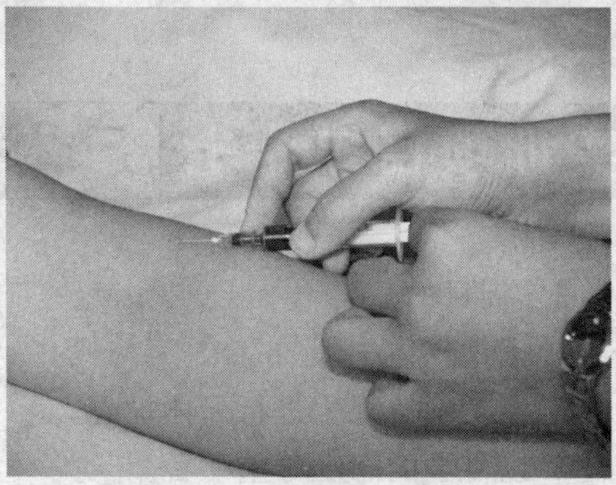

图 1-26-3　采集血液标本

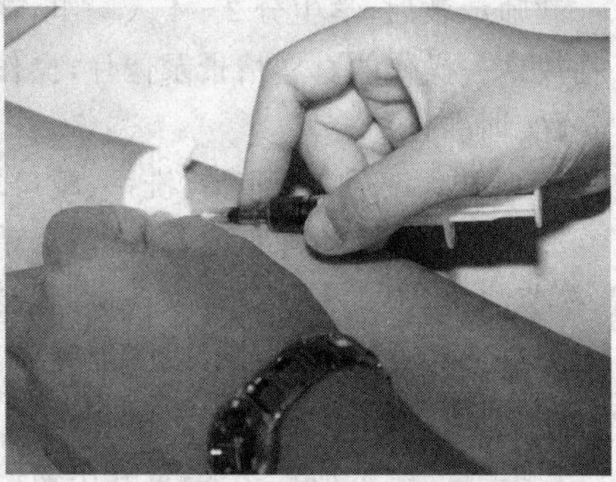

图 1-26-4　拔针

实训项目二十七 尸体护理法

【实训目的】

1. 阐述尸体护理的目的。

2. 能正确按规程进行尸体护理。

3. 以科学的态度尊重死者。

【实训时间】 2学时。

【实训方式】

教师示教后，学生分2～4人一组，在教师指导下同学在模拟病人身上练习，同时多媒体循环播放这一操作的真实情景录像片，操作后学生完成实验报告。

【实训准备】

1. 护士准备　衣帽整洁，洗手、戴口罩，必要时穿隔离衣、戴手套。情绪稳定、严肃。

2. 物品准备　治疗盘内备衣裤、尸单、尸体识别卡3张、血管钳、不脱脂棉球适量、剪刀、绷带、松节油、梳子。有伤口者须备换药敷料，按需要准备擦洗用具。

3. 环境准备　拉上布帘或围上屏风。

【实训内容】

1. 填写尸体识别卡3张，备齐用物携至床旁，请家属暂离病室。

2. 撤去一切治疗用物(如输液管、氧气管、导尿管等)。

3. 将床放平，使尸体仰卧，撤去盖被，脱去衣裤，留一大单遮盖；用血管钳将棉花垫塞于口、鼻、耳、肛门、阴道等孔道。如为上消化道出血或肺部疾病者，塞于口的棉球至咽喉部。

4. 洗脸，有义齿者代为装上，闭合口眼。若眼睑不能闭合，可用毛巾湿敷或于上眼睑下垫少许棉花，使上眼睑下垂闭合。嘴不能闭紧者，轻揉下颌或用四头带托起下颌。

5. 有伤口者更换敷料，有引流管者应拔出后缝合伤口并用纱布包扎。用松节油擦净胶布痕迹，擦净全身，更衣梳发。

6. 为尸体穿上衣裤鞋袜，将1张尸体识别卡系在尸体右手腕部，将尸单斜放，用尸单包裹尸体(尸单上、下两角遮盖头部和脚，再用左右两角将尸体包严)或套上尸体套。用绷带在胸部、腰部、踝部固定。将第2张尸体识别卡粘贴在尸体胸前的尸单上。

7. 移尸体于平车上，盖上大单，运至太平间，置于停尸屉内，将第3张尸体识别卡粘贴于停尸屉外。

8. 非传染病病人按一般出院病人方法处理，传染病病人按传染病病人终末消毒方法处理。

9. 注销各种执行单(治疗、药物、饮食卡等)。填写3份死亡通知单，停止一切医嘱，在体温单上40～42℃之间填写死亡时间，完成各项记录，整理病历、归档。

10. 清理出病人遗物交于其家属，若家属不在，应由两人清点后，列出清单交护士长妥为保管。

【注意事项】

1. 动作轻柔，尊重死者。

2. 施行尸体护理时应做好遮挡，维持死者的隐私及避免影响病室其他病人的情绪。

3. 填塞于各孔道的棉花勿外露，保持尸体外观整洁、美观。

【操作流程】

准备工作：
- 环境准备
- 用物准备（图1-27-1）
- 工作人员准备

⇩

核对，安慰家属，并请家属离开，关门窗，屏风遮挡

⇩

拔除管道、清洁尸体并填塞孔道

⇩

将第1张尸体识别卡系于尸体右手腕

⇩

穿上衣裤，用尸单包裹尸体，并用绷带系紧

⇩

将第2张尸体识别卡放于尸单外尸体的胸部（图1-27-2）

⇩

尸体运送至太平间，将第3张尸体识别卡放于停尸屉外

图 1-27-1　尸体护理用物

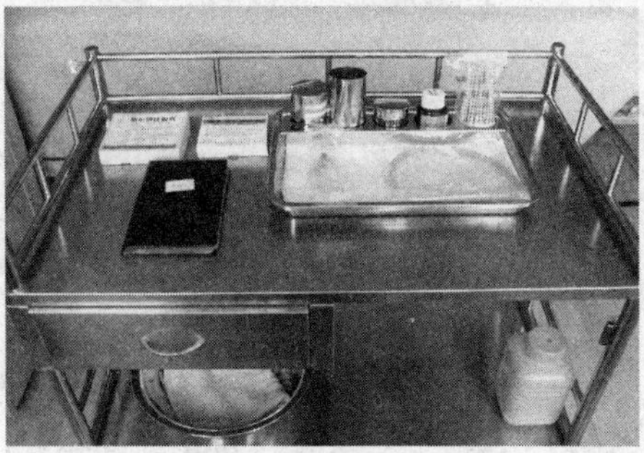

图 1-27-2　包裹尸体

第二部分

护理学基本技术实训项目考核及评分标准

考核项目一 备用床、暂空床操作考核及评分标准

班级________ 姓名________ 学号________ 得分________

项目		内容	分值	评分等级及分值				实际得分
				A	B	C	D	
仪表		工作衣、帽、鞋穿戴整齐,戴好口罩	4	4	3	2	1～0	
姿态		走姿、站姿、推治疗车、端治疗盘	4	4	3	2	1～0	
操作前准备		环境准备	2	2	1	0	0	
		用物准备	4	4	3	2	1～0	
操作过程	铺大单	移开床旁桌、椅,轻巧、位置合适	3	3	2	1	0	
		必要时翻转床垫,动作轻稳	2	2	1.5	1	0	
		手法正确,铺床的方法步骤正确	5	5	4	3	2～0	
		中线正	4	4	3	2	1～0	
		床基四角紧,美观	12	12	9	6	3～0	
		上下距离合适(包括中单)	4	4	3	2	1～0	
		床基平整,无皱折	3	3	2	1	0	
	套被套	方法、步骤正确	5	5	4	3	2～0	
		内外无皱折,外观平整	8	8	6	4	2～0	
		头端不虚边	5	5	4	3	2～0	
		系好带子	2	2	1	0	0	
		棉被折叠方法正确	6	6	4	2	1～0	
		被筒对称,中线正,两端被筒齐床沿	4	4	3	2	1～0	
	套枕套	方法正确,拍松枕芯	4	4	3	2	1～0	
		两角拉出,充实,中线正	2	2	1	0	0	
		开口背门放置合适	2	2	1	0	0	
		桌椅移回原来位置,动作轻稳	2	2	1	0	0	
操作熟练程度		操作步骤正确,动作轻、稳、有条不紊	5	5	4	3	2～0	
		注意节力原则,无虚动作	4	4	3	2	1～0	
		操作时间,备用床、暂空床5min内完成	4	4	3	2	1～0	

主考教师________ 考试日期 年 月 日

考核项目二 麻醉床操作考核及评分标准

班级＿＿＿＿＿ 姓名＿＿＿＿＿ 学号＿＿＿＿＿ 得分＿＿＿＿＿

项目		内容	分值	评分等级及分值				实际得分
				A	B	C	D	
仪表		工作衣、帽、鞋穿戴整齐，戴好口罩	4	4	3	2	1～0	
姿态		走姿、站姿、推治疗车、端治疗盘	4	4	3	2	1～0	
操作前准备		环境准备	2	2	1	0	0	
		用物准备	4	4	3	2	1～0	
操作过程	铺大单、中单	移开床旁桌、椅，轻巧、位置合适	3	3	2	1	0	
		必要时翻转床垫，动作轻稳	2	2	1.5	1	0	
		手法正确，铺床的方法步骤正确	5	5	4	3	2～0	
		中线正	4	4	3	2	1～0	
		床基四角紧，美观	12	12	9	6	3～0	
		上下距离合适(包括中单)	4	4	3	2	1～0	
		床基平整，无皱折	3	3	2	1	0	
	套被套	方法、步骤正确	5	5	4	3	2～0	
		内外无皱折，外观平整	8	8	6	4	2～0	
		头端不虚边	5	5	4	3	2～0	
		系好带子	2	2	1	0	0	
		棉被折叠方法正确	6	6	4	2	1～0	
		被筒对称，中线正，三折于一边	4	4	3	2	1～0	
	套枕套	方法正确，拍松枕芯	4	4	3	2	1～0	
		两角拉出，充实，中线正	2	2	1	0	0	
		开口背门横立于床头	2	2	1	0	0	
		桌椅按要求归位，放置好护理盘，动作轻稳	2	2	1	0	0	
操作熟练程度		操作步骤正确，动作轻、稳、有条不紊	5	5	4	3	2～0	
		注意节力原则，无虚动作	4	4	3	2	1～0	
		操作时间，麻醉床 6min 内完成	4	4	3	2	1～0	

主考教师＿＿＿＿＿ 考试日期　　年　　月　　日

考核项目三 卧有病人更换床单法操作考核及评分标准

班级______ 姓名______ 学号______ 得分______

项目		内容	分值	评分等级及分值				实际得分
				A	B	C	D	
仪表		工作衣、帽、鞋穿戴整齐，戴好口罩	4	4	3	2	1～0	
姿态		走姿、站姿、推治疗车、端治疗盘	4	4	3	2	1～0	
操作前准备		评估病人	2	2	1	0	0	
		用物准备	2	2	1	0	0	
		环境准备	2	2	1	0	0	
操作过程	更换大单	核对、解释	2	2	1	0	0	
		移开床旁桌、椅，轻巧、位置合适	2	2	1	0	0	
		松被尾、移枕、病人翻身方法正确	2	2	1	0	0	
		观察病人皮肤	2	2	1	0	0	
		扫床褥	2	2	1	0	0	
		大单平整，床基四角包紧，上下距离合适（包括中单）	12	12	9	6	3～0	
		手法正确、更换大单方法步骤正确	6	6	4	2	0	
	更换被套	方法、步骤正确	6	6	4	2	0	
		两端不虚边	4	4	3	2	1～0	
		内外无皱折、平整，被筒对称，两侧齐床沿，被尾整齐	12	12	9	6	3～0	
	更换枕套	方法正确，外观平整	2	2	1	0	0	
		放置位置合适，拍松枕芯	4	4	3	2	1～0	
	操作后	拉平衣裤，注意病员保暖	4	4	3	2	1～0	
		换下布单放置、处理正确	2	2	1	0	0	
		移回桌椅，动作轻稳	2	2	1	0	0	
		整理好床单位	6	6	4	2	0	
操作熟练程度		操作步骤正确，动作轻、稳、有条不紊	6	6	4	2	0	
		注意节力原则，无虚动作	4	4	3	2	1～0	
人文关怀		操作中注意与病人交流，关心病人	6	6	4	2	0	

主考教师______ 考试日期 年 月 日

考核项目四　口腔护理操作考核及评分标准

班级＿＿＿＿＿　姓名＿＿＿＿＿　学号＿＿＿＿＿　得分＿＿＿＿＿

项　目	内　容	分值	评分等级及分值				实际得分
			A	B	C	D	
仪表	工作衣、帽、鞋穿戴整齐，戴好口罩	5	5	4	3	2～0	
姿态	走姿、站姿、推治疗车、端治疗盘	5	5	4	3	2～0	
操作前准备	评估病人	5	5	4	3	2～0	
	物品准备	5	5	4	3	2～0	
	环境准备	2	2	1.5	1	0.5～0	
操作过程	核对、解释	5	5	4	3	2～0	
	协助病人取体位	5	5	4	3	2～0	
	将面巾纸垫于颌下	4	4	3	2	1～0	
	湿润口唇检查口腔	8	8	6	4	2～0	
	漱口	3	3	2	1	1～0	
	擦拭顺序及方法正确	12	12	8	4	2～0	
	再漱口（若漱口后不洁可再用海绵棒刷牙）	3	3	2	1	1～0	
	用面巾纸（或毛巾）擦洗面部	3	3	2	1	0	
	口腔、黏膜、口唇病变的处理	5	5	4	3	2～0	
	床单位的整理	3	3	2	1	1～0	
	用物处理	3	3	2	1	1～0	
昏迷病人	昏迷病人口腔护理方法正确（或口述）	8	8	6	4	2～0	
操作熟练程度	动作轻巧、稳重、有条不紊，遵守操作中的注意事项	8	8	6	4	2～0	
人文关怀	操作中注意与病人交流，关心病人	8	8	6	4	2～0	

主考教师＿＿＿＿＿　考试日期　　年　　月　　日

考核项目五 背部护理操作考核及评分标准

班级________ 姓名________ 学号________ 得分________

项目	内容	分值	评分等级及分值				实际得分
			A	B	C	D	
仪表	工作衣、帽、鞋穿戴整齐，戴好口罩	4	4	3	2	1～0	
姿态	走姿、站姿、推治疗车、端治疗盘	4	4	3	2	1～0	
操作前准备	评估病人	4	4	3	2	1～0	
	物品准备	3	3	2	1	1～0	
	环境准备	3	3	2	1	1～0	
操作过程	核对、解释、询问大小便	4	4	3	2	1～0	
	松被、松衣裤方法正确	6	6	4	2	1～0	
	翻身方法正确	8	8	6	4	3～0	
	动作轻、不拖拉病人、注意安全	5	5	4	3	2～0	
	检查局部皮肤情况	5	5	4	3	2～0	
	热水擦拭背部方法正确	8	8	6	4	2～0	
	按摩方法正确	8	8	6	4	3～0	
	时间合适(少于 2min 为 D)	5	5	4	3	2～0	
	必要时更换衣裤	5	5	4	3	2～0	
	卧位舒适	5	5	4	3	2～0	
	整理床单位	3	3	2	1	1～0	
	注意保暖	8	8	6	4	3～0	
操作熟练程度	动作轻巧、稳重、有条不紊，遵守操作中的注意事项	6	6	4	3	2～0	
人文关怀	操作中注意与病人交流，关心病人	6	6	4	2	1～0	

主考教师________ 考试日期 年 月 日

考核项目六 头发护理操作考核及评分标准

班级＿＿＿＿＿ 姓名＿＿＿＿＿ 学号＿＿＿＿＿ 得分＿＿＿＿＿

项目	内容	分值	评分等级及分值				实际得分
			A	B	C	D	
仪表	工作衣、帽、鞋穿戴整齐，戴好口罩	4	4	3	2	1～0	
姿态	走姿、站姿、推治疗车、端治疗盘	4	4	3	2	1～0	
操作前准备	评估病人	4	4	3	2	1～0	
	物品准备	3	3	2	1	1～0	
	环境准备	3	3	2	1	1～0	
操作过程	核对、解释、询问大小便，按需给予便盆	4	4	3	2	1～0	
	按需关窗，必要时屏风遮挡	4	4	3	2	1～0	
	头部取体位方法正确	8	8	6	4	3～0	
	用棉球塞住两耳，用纱布遮住双眼	4	4	3	2	1～0	
	梳顺头发，充分湿润头发	6	6	4	2	1～0	
	揉搓头发和按摩头皮方法正确	8	8	6	4	3～0	
	冲洗头发方法正确	8	8	6	4	3～0	
	洗完处理用物顺序和方法正确	6	6	4	2	1～0	
	协助患者卧于床正中	3	3	2	1	1～0	
	将枕头、橡胶单、大毛巾从肩下移至头部，用包头的毛巾揉搓头发，再用大毛巾擦干	6	6	4	2	1～0	
	安置病人，整理床单位	4	4	3	2	1～0	
	用物处理	4	4	3	2	1～0	
	洗手、记录	3	3	2	1	1～0	
操作熟练程度	动作轻巧、稳重、有条不紊，遵守操作中的注意事项	8	8	6	4	3～0	
人文关怀	操作中注意与病人交流，关心病人	6	6	4	2	1～0	

主考教师＿＿＿＿＿ 考试日期　　年　　月　　日

考核项目七　床上擦浴操作考核及评分标准

班级＿＿＿＿＿　姓名＿＿＿＿＿　学号＿＿＿＿＿　得分＿＿＿＿＿

项　目	内　容	分值	评分等级及分值				实际得分
			A	B	C	D	
仪表	工作衣、帽、鞋穿戴整齐，戴好口罩	4	4	3	2	1～0	
姿态	走姿、站姿、推治疗车、端治疗盘	4	4	3	2	1～0	
操作前准备	评估病人	4	4	3	2	1～0	
	物品准备	3	3	2	1	0	
	环境准备	3	3	2	1	0	
操作过程	核对、解释、询问大小便	5	5	4	3	2～0	
	脱衣裤方法正确	5	5	4	3	2～0	
	擦洗部位顺序正确（脸→上肢→胸部→手→背部→下肢→足部）	12	12	9	6	3～0	
	擦洗手法正确，彻底、干净	6	6	4	3	2～0	
	适时换水	5	5	4	3	2～0	
	按摩背部	6	6	4	3	2～0	
	穿衣裤方法正确	5	5	4	3	2～0	
	无弄湿床单位	6	6	4	3	2～0	
	检查，按需要剪指甲，处置合理	5	5	4	3	2～0	
	整理床单位	5	5	4	3	2～0	
	关心、爱护病员、注意与病员沟通、注意保暖	8	8	6	4	3～0	
操作熟练程度	动作轻巧、稳重、有条不紊，遵守操作中的注意事项	8	8	6	4	3～0	
人文关怀	操作中注意与病人交流，关心病人	6	6	4	2	1～0	

主考教师＿＿＿＿＿　考试日期　　年　　月　　日

考核项目八 无菌技术操作考核及评分标准

班级________ 姓名________ 学号________ 得分________

项目		内容	分值	评分等级及分值				实际得分
				A	B	C	D	
仪表仪容		工作衣、帽、鞋穿戴整齐，戴好口罩	4	4	3	2	1～0	
姿态		走姿、站姿、推治疗车、端治疗盘	4	4	3	2	1～0	
操作前准备		环境准备	4	4	3	2	1～0	
		物品准备	4	4	3	2	1～0	
操作过程	开无菌包	打开无菌包前检查标签，消毒指示	2	2	1.5	1	0	
		开包方法正确	3	3	2	1	0	
		拿取治疗巾方法正确	3	3	2	1	0	
		无菌包内容物品未用完处理方法正确	2	2	1.5	1	0	
	无菌持物钳的使用	取、放钳方法正确	2	2	1.5	1	0	
		持钳方法正确	2	2	1.5	1	0	
		使用前符合无菌原则，不污染、不跨越	6	6	4	3	2～0	
	铺无菌盘	铺巾方法正确，不污染、不潮湿	6	6	4	3	2～0	
		扇形折叠方法正确，整齐	3	3	2	1	0	
		物品放置合理，不跨越无菌区	3	3	2	1	0	
		放物后边缘反折，外观整齐	2	2	1.5	1	0	
		记录	2	2	1.5	1	0	
	使用无菌容器	开启无菌容器方法正确	2	2	1.5	1	0	
		手臂不跨越无菌区	6	6	4	3	2～0	
		手、持物钳不触及无菌容积边缘	2	2	1.5	1	0	
		盖容器盖方法正确	2	2	1.5	1	0	
	使用无菌溶液	核对、检查(说明核对内容)	3	3	2	1	0	
		开瓶盖不污染	3	3	2	1	0	
		冲洗瓶口方法正确	1	1	0	0	0	
		倒溶液时标签向上，方法正确(高度合适)	3	3	2	1	0	
		消毒方法正确，盖瓶口不污染	2	2	1.5	1	0	
		记录	2	2	1.5	1	0	
	戴无菌手套	检查内容完整	2	2	1.5	1	0	
		取手套方法正确	2	2	1.5	1	0	
		戴手套方法正确，不污染(污染不得分)	6	6	4	3	2～0	
		脱手套方法正确	2	2	1.5	1	0	
		用后处理方法正确	2	2	1.5	1	0	
操作熟练程度		操作有条不紊，动作轻、稳、遵守无菌操作原则。操作中跨越3次以上(包括3次)或严重污染者，该操作不及格	6	6	4	3	2～0	

主考教师________ 考试日期 年 月 日

考核项目九 穿、脱隔离衣操作考核及评分标准

班级________ 姓名________ 学号________ 得分________

项目		内容	分值	评分等级及分值				实际得分
				A	B	C	D	
仪表姿态		工作衣、帽、鞋穿戴整齐,戴好口罩	4	4	3	2	1～0	
		走姿、站姿、推治疗车、端治疗盘	4	4	3	2	1～0	
操作前准备		用物准备	4	4	3	2	1～0	
		环境准备	4	4	3	2	1～0	
操作过程	穿隔离衣	选择合适的隔离衣(口述)	2	2	1.5	1	0.5～0	
		取隔离衣方法正确	4	4	3	2	1～0	
		穿隔离衣方法、步骤正确	12	12	10	8	6～0	
		系领口时不污染	8	8	6	4	2～0	
		后襟对齐	4	4	3	2	1～0	
		穿时不污染工作服	8	8	6	4	2～0	
	脱隔离衣	脱隔离衣方法、步骤正确	12	12	10	8	6～0	
		刷手方法正确(口述)	10	10	8	6	4～0	
		脱时不污染工作服	8	8	6	4	2～0	
		挂隔离衣方法正确	4	4	3	2	1～0	
		取下口罩,安放正确	6	6	4	2	1～0	
操作熟练程度		穿脱时间 3min(不包括刷手时间)	6	6	5	4	3～0	

主考教师________ 考试日期 年 月 日

考核项目十 生命体征测量操作考核及评分标准

班级＿＿＿＿＿ 姓名＿＿＿＿＿ 学号＿＿＿＿＿ 得分＿＿＿＿＿

项目		内容	分值	评分等级及分值				实际得分
				A	B	C	D	
仪表姿态		工作衣、帽、鞋穿戴整齐，戴好口罩	4	4	3	2	1～0	
操作前准备		评估病人	2	2	1.5	1	0.5～0	
		用物准备	2	2	1.5	1	0.5～0	
		环境准备	2	2	1.5	1	0.5～0	
操作过程		核对、解释	2	2	1.5	1	0.5～0	
	测体温	查对体温表读数	2	2	1.5	1	0.5～0	
		体温计放置部位正确	4	4	3	2	1～0	
		测量时间正确	3	3	2	1.5	1～0	
		读表正确，手不接触水银端	6	6	4	2	1～0	
		甩水银方法正确	2	2	1.5	1	0.5～0	
		体温表用后放置妥善	2	2	1.5	1	0.5～0	
	测脉搏	测量部位、方法正确	6	6	4	2	1～0	
		测量时间、结果正确	5	5	4	3	2～0	
	测呼吸	测量方法、时间正确	5	5	4	3	2～0	
		测量结果正确	5	5	4	3	2～0	
	测血压	病人体位正确	4	4	3	2	1～0	
		血压计放置合理，开水银开关	4	4	3	2	1～0	
		缠袖带符合要求	5	5	4	3	2～0	
		听诊器放置正确，使用方法正确	4	4	3	2	1～0	
		关气门，打气、放气平稳	5	5	4	3	2～0	
		测量结果正确	10	10	8	6	4～0	
		为病人整理衣袖	2	2	1.5	1	0.5～0	
		关水银开关，整理血压计	2	2	1.5	1	0.5～0	
		整理病人单位	2	2	1.5	1	0.5～0	
操作熟练程度		操作有条不紊，动作轻稳，遵守操作原则	5	5	4	3	2～0	
人文关怀		操作中注意与病人交流，关心病人	5	5	4	3	2～0	

主考教师＿＿＿＿＿ 考试日期 年 月 日

考核项目十一 鼻饲法操作考核及评分标准

班级＿＿＿＿ 姓名＿＿＿＿ 学号＿＿＿＿ 得分＿＿＿＿

项目		内容	分值	评分等级及分值				实际得分
				A	B	C	D	
仪表		工作衣、帽、鞋穿戴整齐，戴好口罩	4	4	3	2	1～0	
姿态		走姿、站姿、推治疗车、端治疗盘	4	4	3	2	1～0	
操作前准备		环境准备、评估病人	4	4	3	1	1～0	
		用物准备	4	4	3	2	1～0	
操作过程	插管	核对、解释	5	5	4	3	2～0	
		选择合适的体位	3	3	2	1	0	
		颌下铺巾	2	2	1.5	1	0	
		检查清洁鼻腔	2	2	1.5	1	0	
		检查、润滑胃管	3	3	2	1	0	
		插胃管方法正确，长度合适	8	8	6	4	3～0	
		正确处理插管过程中出现情况	6	6	4	2	1～0	
		正确判断胃管是否在胃内	6	6	4	2	1～0	
		固定胃管牢固、美观	3	3	2	1	0	
	喂饲	喂饲方法正确	6	6	4	2	1～0	
		喂毕，正确处理胃管	5	5	4	3	2～0	
		安置病人，整理床单位	4	4	3	2	1～0	
		用物处理	4	4	3	2	1～0	
	拔管	核对、解释	3	3	2	1	0	
		拔管方法正确	6	6	4	2	1～0	
		漱口安置病人	2	2	1.5	1	0	
		用物处理	2	2	1.5	1	0	
操作熟练程度		操作步骤正确，动作轻、稳、有条不紊	8	8	6	4	3～0	
人文关怀		操作中注意与病人交流，关心病人	6	6	4	2	1～0	

主考教师＿＿＿＿ 考试日期 年 月 日

考核项目十二 洗胃法操作考核及评分标准

班级________ 姓名________ 学号________ 得分________

项目		内容	分值	评分等级及分值				实际得分
				A	B	C	D	
仪表		工作衣、帽、鞋穿戴整齐,戴好口罩	4	4	3	2	1～0	
姿态		走姿、站姿、推治疗车、端治疗盘	4	4	3	2	1～0	
操作前准备		环境准备、评估病人	4	4	3	2	1～0	
		用物准备	4	4	3	2	1～0	
操作过程	插管	核对、解释	4	4	3	2	1～0	
		选择合适的体位	5	5	4	3	2～0	
		颌下铺巾	2	2	1.5	1	0	
		检查、润滑胃管	4	4	3	2	1～0	
		插胃管方法正确,长度合适	10	10	8	6	5～0	
		正确处理插管过程中出现情况	6	6	4	2	1～0	
		正确判断胃管是否在胃内	6	6	4	2	1～0	
		固定胃管牢固	4	3	2	1	0	
	洗胃	洗胃液选择正确	10	10	8	6	5～0	
		每次洗胃液量正确	5	5	4	3	2～0	
		停止洗胃指标正确	5	5	4	3	2～0	
	拔管	拔管方法正确	5	5	4	3	2～0	
		用物处理,安置病人,整理床单位,整理记录	4	2	1.5	1	0	
操作熟练程度		操作步骤正确,动作轻、稳、有条不紊	8	8	6	4	3～0	
人文关怀		操作中注意与病人交流,关心病人	6	6	4	2	1～0	

主考教师________ 考试日期　　年　　月　　日

考核项目十三 皮内注射法操作考核及评分标准

班级________ 姓名________ 学号________ 得分________

<table>
<tr><th rowspan="2" colspan="2">项目</th><th rowspan="2">内容</th><th rowspan="2">分值</th><th colspan="4">评分等级及分值</th><th rowspan="2">实际得分</th></tr>
<tr><th>A</th><th>B</th><th>C</th><th>D</th></tr>
<tr><td colspan="2">仪表</td><td>工作衣、帽、鞋穿戴整齐，戴口罩</td><td>4</td><td>4</td><td>3</td><td>2</td><td>1～0</td><td></td></tr>
<tr><td colspan="2">姿态</td><td>走姿、站姿、推治疗车、端治疗盘</td><td>4</td><td>4</td><td>3</td><td>2</td><td>1～0</td><td></td></tr>
<tr><td colspan="2" rowspan="3">操作前准备</td><td>评估病人</td><td>3</td><td>3</td><td>2</td><td>1</td><td>0</td><td></td></tr>
<tr><td>用物准备</td><td>2</td><td>2</td><td>1</td><td>0</td><td>0</td><td></td></tr>
<tr><td>环境准备</td><td>2</td><td>2</td><td>1</td><td>0</td><td>0</td><td></td></tr>
<tr><td rowspan="15">操作过程</td><td rowspan="4">抽吸药液</td><td>核对、检查药液、检查注射器</td><td>5</td><td>5</td><td>4</td><td>3</td><td>2～0</td><td></td></tr>
<tr><td>正确使用无菌容器</td><td>4</td><td>4</td><td>3</td><td>2</td><td>2～0</td><td></td></tr>
<tr><td>正确取用注射器</td><td>5</td><td>5</td><td>4</td><td>3</td><td>2～0</td><td></td></tr>
<tr><td>正确抽吸药液，再次核对</td><td>10</td><td>10</td><td>8</td><td>6</td><td>5～0</td><td></td></tr>
<tr><td rowspan="11">注射</td><td>核对、解释，询问过敏史</td><td>5</td><td>5</td><td>4</td><td>3</td><td>2～0</td><td></td></tr>
<tr><td>核对药物</td><td>4</td><td>4</td><td>3</td><td>2</td><td>2～0</td><td></td></tr>
<tr><td>注射部位正确</td><td>5</td><td>5</td><td>4</td><td>3</td><td>2～0</td><td></td></tr>
<tr><td>消毒皮肤方法、范围正确</td><td>5</td><td>5</td><td>4</td><td>3</td><td>2～0</td><td></td></tr>
<tr><td>排气方法正确，不浪费药液</td><td>3</td><td>3</td><td>2</td><td>1</td><td>0</td><td></td></tr>
<tr><td>进针角度、深度适宜</td><td>6</td><td>6</td><td>4</td><td>2</td><td>0</td><td></td></tr>
<tr><td>不抽回血</td><td>3</td><td>3</td><td>2</td><td>1</td><td>0</td><td></td></tr>
<tr><td>注射剂量准确、皮丘符合要求</td><td>7</td><td>7</td><td>5</td><td>3</td><td>1～0</td><td></td></tr>
<tr><td>拔针后不按压局部，嘱咐注意事项</td><td>4</td><td>4</td><td>3</td><td>2</td><td>2～0</td><td></td></tr>
<tr><td>妥善安置病人、用物整理</td><td>3</td><td>3</td><td>2</td><td>1</td><td>0</td><td></td></tr>
<tr><td>准确、适时观察皮试反应</td><td>6</td><td>6</td><td>5</td><td>4</td><td>3～0</td><td></td></tr>
<tr><td colspan="2">操作熟练程度</td><td>动作轻巧、稳重、有条不紊</td><td>5</td><td>5</td><td>4</td><td>3</td><td>2～0</td><td></td></tr>
<tr><td colspan="2">人文关怀</td><td>操作中注意与病人交流，关心病人</td><td>5</td><td>5</td><td>4</td><td>3</td><td>2～0</td><td></td></tr>
</table>

主考教师________ 考试日期　　年　　月　　日

考核项目十四　皮下、肌内注射法操作考核及评分标准

班级________　姓名________　学号________　得分________

项目		内容	分值	评分等级及分值				实际得分
				A	B	C	D	
仪表		工作衣、帽、鞋穿戴整齐，戴口罩	4	4	3	2	1～0	
姿态		走姿、站姿、推治疗车、端治疗盘	4	4	3	2	1～0	
操作前准备		评估病人	3	3	2	1	0	
		用物准备	2	2	1	0	0	
		环境准备	2	2	1	0	0	
操作过程	抽吸药液	核对、检查药液、检查注射器	5	5	4	3	2～0	
		正确使用无菌容器	4	5	4	3	2～0	
		正确取用注射器	4	4	3	2	1～0	
		正确抽吸药液，再次核对	10	10	8	6	5～0	
	注射	核对、解释，取得病人合作	5	5	4	3	2～0	
		病人体位正确	4	4	3	2	1～0	
		核对药物	6	6	5	4	3～0	
		注射部位正确	6	6	5	4	3～0	
		消毒皮肤方法、范围正确	6	6	5	4	3～0	
		排气方法正确，不浪费药液	4	4	3	2	1～0	
		进针角度、深度适宜	8	8	7	6	5～0	
		抽回血、注药速度适宜	6	6	5	4	3～0	
		按压、拔针方法正确，嘱咐注意事项	4	4	3	2	1～0	
		妥善安置病人、用物整理	3	3	2	1	0	
操作熟练程度		动作轻巧、稳重、有条不紊	5	5	4	3	2～0	
人文关怀		操作中注意与病人交流，关心病人	5	5	4	3	2～0	

主考教师________　考试日期　　年　　月　　日

考核项目十五 静脉注射法操作考核及评分标准

班级________ 姓名________ 学号________ 得分________

项目		内容	分值	评分等级及分值				实际得分
				A	B	C	D	
仪表		工作衣、帽、鞋穿戴整齐,戴口罩	4	4	3	2	1～0	
姿态		走姿、站姿、推治疗车、端治疗盘	4	4	3	2	1～0	
操作前准备		评估病人	3	3	2	1	0	
		用物准备	2	2	1	0	0	
		环境准备	2	2	1	0	0	
操作过程	抽吸药液	核对、检查药液、检查注射器	5	5	4	3	2～0	
		正确使用无菌容器	4	5	4	3	2～0	
		正确取用注射器	5	5	4	3	2～0	
		正确抽吸药液,再次核对	10	10	8	6	5～0	
	注射	核对、解释,取得病人合作	5	5	4	3	2～0	
		核对药物	6	6	5	4	3～0	
		选择静脉,系止血带部位、方法正确	4	4	3	2	1～0	
		消毒皮肤范围、方法正确	6	6	5	4	3～0	
		排气方法正确,不浪费药液	4	4	3	2	1～0	
		注射方法正确,一针见血	12	12	10	8	7～0	
		穿刺后做好两松(拳、止血带)	5	5	4	3	2～0	
		注射速度适宜	2	2	1	0	0	
		拔针、按压方法正确,嘱咐注意事项	4	4	3	2	0	
		妥善安置病人、用物整理	3	3	2	1	0	
操作熟练程度		动作轻巧、稳重、有条不紊	5	5	4	3	2～0	
人文关怀		操作中注意与病人交流,关心病人	5	5	4	3	2～0	

主考教师________ 考试日期 年 月 日

考核项目十六 吸氧法操作考核及评分标准

班级________ 姓名________ 学号________ 得分________

项目		内容	分值	评分等级及分值				实际得分
				A	B	C	D	
仪表仪容		工作衣、帽、鞋穿戴整齐	4	4	3	2	1~0	
姿态		走姿、站姿、推治疗车、端治疗盘	4	4	3	2	1~0	
操作前准备		评估病人	4	4	3	2	1~0	
		物品准备	2	2	1	0	0	
		环境准备	2	2	1	0	0	
操作过程	装表	核对、解释	2	2	1	0	0	
		先打开总开关，放气	2	2	1	0	0	
		拿表姿势正确，装好后氧气表直立	2	2	1	0	0	
		检查是否漏气，手法正确(先查小开关)	4	4	3	2	1~0	
	吸氧	清洁鼻腔、检查鼻导管是否通畅	3	3	2	1	0	
		正确调节氧气流量(包括中途调节)	6	6	4	2	1~0	
		插鼻导管的手法、方向正确	4	4	3	2	1~0	
		鼻导管插入的长度或放置的位置合适	4	4	3	2	1~0	
		固定导管正确、美观	3	3	2	1	0	
		记录开始用氧时间	2	2	1.5	1	0	
		操作全过程方法、步骤正确(包括大小开关与关的顺序正确)	10	10	8	5	2	
		再次评估病员，说明注意点	3	3	2	1	0	
	停止吸氧	核对、解释	2	2	1.5	1	0	
		拔鼻导管方法正确，导管妥善放置	4	4	3	2	1~0	
		关闭氧气顺序正确	6	6	4	2	1~0	
		拔管后擦净病人鼻面部	2	2	1.5	1	0	
		记录停止用氧时间	2	2	1.5	1	0	
		停用氧气全过程方法、步骤正确(先拔管，后关氧气表)	5	5	4	3	2~0	
		妥善安置病人，整理床单位	2	2	1.5	1	0	
		用物处理	3	3	2	1	0	
操作熟练程度		动作轻巧、稳重、有条不紊	8	8	6	4	2~0	
人文关怀		操作中注意与病人交流，关心病人	5	5	4	3	2~0	

主考教师________ 考试日期 年 月 日

考核项目十七 气管内吸痰法操作考核及评分标准

班级________ 姓名________ 学号________ 得分________

项目	内容	分值	评分等级及分值				实际得分
			A	B	C	D	
仪表	工作衣、帽、鞋穿戴整齐	4	4	3	2	1～0	
姿态	走姿、站姿、推治疗车、端治疗盘	4	4	3	2	1～0	
操作前准备	评估病人	4	4	3	2	1～0	
	用物准备	4	4	3	2	1～0	
	环境准备	2	2	1	0	0	
操作过程	核对、解释	2	2	0	0	0	
	再次评估病人呼吸道情况	4	4	3	2	1～0	
	开吸引器，调节压力，吸力大小合适	8	8	6	4	2～0	
	准备生理盐水	4	4	3	2	1～0	
	备吸痰管	4	4	3	2	1～0	
	戴无菌手套、连接吸痰管	5	5	4	2	0	
	检查吸引器性能，试吸导管是否通畅	6	6	4	2	1～0	
	吸痰方法正确，执行无菌原则	10	10	8	5	2～0	
	保持导管通畅	4	4	3	2	1～0	
	痰液不易吸出的处理方法正确	6	6	4	2	1～0	
	分离吸痰管，脱手套，关吸引器	4	4	3	2	1～0	
	清洁局部	2	2	0	0	0	
	保持气管湿润	3	3	2	1	0	
	再次评估病人呼吸道情况	2	2	1	0	0	
	使病人卧位舒适，整理床单位	2	0	0	0	0	
	用物处理，记录痰液性质	4	4	3	2	1～0	
操作熟练程度	动作轻巧、稳重、有条不紊	6	6	4	2	1～0	
人文关怀	关心病人，注意护患沟通	6	6	4	2	1～0	

主考教师________ 考试日期 年 月 日

考核项目十八 周围静脉输液法操作考核及评分标准

班级________ 姓名________ 学号________ 得分________

项目		内容	分值	评分等级及分值				实际得分
				A	B	C	D	
仪表		工作衣、帽、鞋穿戴整齐	4	4	3	2	1～0	
姿态		走姿、站姿、端盘子、推车子	4	4	3	2	1～0	
操作前准备		用物准备、环境准备、评估病人	6	6	4	2	0	
操作过程	准备药液	核对、检查药液、注射器、输液器	5	5	4	3	2～0	
		正确使用无菌容器(方法正确,不污染)	3	3	2	1.5	1～0	
		取注射器,不污染	4	4	3	2	1～0	
		抽吸药液	6	6	4	2	0	
		加药液方法正确并核对	4	4	3	2	1～0	
	注射	核对、解释	5	5	4	3	2～0	
		一次排气成功,不浪费药液、液面高度合适	8	8	6	4	3～0	
		选静脉,系止血带部位、方法正确	5	5	4	3	2～0	
		消毒皮肤范围、方法正确	4	4	3	2	1～0	
		备胶布、再次排气及核对	3	3	2	1.5	1～0	
		进针稳准,一针见血	12	12	10	8	6～0	
		穿刺后做好三松(止血带、拳、调节器)	3	3	2	1.5	1～0	
		正确固定(正确、牢固、美观)	2	2	1.5	1	0.5～0	
		正确调节滴速并记录输液卡,嘱咐注意点	4	4	3	2	1～0	
		整理病人单位,妥善安置病人、用物	2	2	1.5	1	0.5～0	
	拔针	核对、解释	2	2	1.5	1	0	
		拔针、按压方法正确	2	2	1.5	1	0	
		用物整理	2	2	1.5	1	0	
操作熟练程度		动作轻巧、稳重、有条不紊	5	5	4	3	2～0	
人文关怀		操作中注意与病人交流,关心病人	5	5	4	3	2～0	

主考教师________ 考试日期 年 月 日

考核项目十九 留置静脉输液法操作考核及评分标准

班级________ 姓名________ 学号________ 得分________

项目		内容	分值	评分等级及分值				实际得分
				A	B	C	D	
仪表		工作衣、帽、鞋穿戴整齐	4	4	3	2	1～0	
姿态		走姿、站姿、端盘子、推车子	4	4	3	2	1～0	
操作前准备		用物准备、环境准备、评估病人	6	6	4	2	0	
操作过程	准备药液	核对、检查药液、注射器、输液器	5	5	4	3	2～0	
		正确使用无菌容器(方法正确,不污染)	3	3	2	1.5	1～0	
		取注射器,不污染	4	4	3	2	1～0	
		抽吸药液	6	6	4	2	0	
		加药液方法正确并核对	4	4	3	2	1～0	
	注射	核对、解释	4	4	3	2	1～0	
		一次排气成功,不浪费药液、液面高度合适	8	8	6	4	3～0	
		选静脉,系止血带部位、方法正确	2	2	1.5	1	0	
		消毒皮肤范围、方法正确	4	4	3	2	1～0	
		检查留置针、备胶布、戴手套	4	4	3	2	1～0	
		连接肝素帽及头皮针	2	2	1.5	1	0	
		去针套、再次排气及核对	3	3	2	1.5	1～0	
		进针稳准,一针见血、退出针芯	10	10	8	6	5～0	
		穿刺后做好三松(止血带、拳、调节器)	3	3	2	1.5	1～0	
		正确固定(正确、牢固、美观)并记录日期	2	2	1.5	1	0.5～0	
		正确调节滴速并记录输液卡,嘱咐注意点	4	4	3	2	1～0	
		整理病人单位,妥善安置病人、用物	2	2	1.5	1	0.5～0	
	停止置管	核对、解释	2	2	1.5	1	0	
		拔针、按压方法正确	2	2	1.5	1	0	
		用物整理	2	2	1.5	1	0	
操作熟练程度		动作轻巧、稳重、有条不紊	5	5	4	3	2～0	
人文关怀		操作中注意与病人交流,关心病人	5	5	4	3	2～0	

主考教师________ 考试日期 年 月 日

考核项目二十　女病人导尿术操作考核及评分标准

班级________　姓名________　学号________　得分________

项目	内容	分值	评分等级及分值				实际得分
			A	B	C	D	
仪表	工作衣、帽、鞋穿戴整齐	4	4	3	2	1～0	
姿态	走姿、站姿、推车、端盘	4	4	3	2	1～0	
操作前准备	评估病人	4	4	3	2	1～0	
	用物准备	4	4	3	2	1～0	
	环境准备	3	3	2	1	0	
操作过程	核对、解释	2	0	0	0	0	
	正确取位、注意保暖	4	4	3	2	1～0	
	打开导尿包不污染、放置合理	6	6	4	2	1～0	
	臀下铺巾	3	3	2	1	0	
	正确擦洗会阴	6	6	4	2	1～0	
	正确戴手套、不污染	7	7	5	3	2～0	
	正确铺洞巾	5	5	4	2	0	
	检查、润滑导尿管，安置好无菌用物	4	4	2	1	0	
	正确消毒尿道口、两侧小阴唇、尿道口	6	6	4	2	1～0	
	更换血管钳、移导尿管、治疗碗至会阴处	4	4	3	2	1～0	
	插管方法、长度正确	6	6	4	2	1～0	
	方法正确并固定，嘱咐	4	4	3	2	1～0	
	拔管方法正确	3	3	2	1	0	
	拔管后擦净外阴	2	2	0	0	0	
	使病人卧位舒适、整理床单位	3	3	2	1	0	
	用物处理妥当	2	0	0	0	0	
	观察尿液、洗手后记录	2	0	0	0	0	
操作熟练程度	动作轻巧、稳重、有条不紊，遵守无菌原则	6	6	4	2	1～0	
人文关怀	操作中注意与病人交流，关心病人	6	6	4	2	1～0	

主考教师________　考试日期　　年　　月　　日

考核项目二十一 大量不保留灌肠法操作考核及评分标准

班级______ 姓名______ 学号______ 得分______

项目	内容	分值	评分等级及分值				实际得分
			A	B	C	D	
仪表	工作衣、帽、鞋穿戴整齐	4	4	3	2	1~0	
姿态	走姿、站姿、推车、端盘	4	4	3	2	1~0	
操作前准备	评估病人	4	4	3	2	1~0	
	用物准备	3	3	2	1	0	
	环境准备	3	3	2	1	0	
操作过程	核对、解释	6	6	4	2	1~0	
	取正确卧位	4	4	3	2	1~0	
	臀下铺巾，置弯盘	3	3	2	1	0	
	灌肠筒高度适宜	4	4	3	2	1~0	
	润滑肛管	3	3	2	1	0	
	排气、排出液体适宜	3	3	2	1	0	
	溶液不沾湿床单	5	5	4	2	0	
	插管动作轻柔，手法正确	6	6	4	2	1~0	
	肛管插入深度适宜	6	6	4	2	1~0	
	灌肠中问题处理方法正确	10	10	8	5	2~0	
	正确拔管，无回流	3	3	2	1	0	
	肛管妥善放置	3	3	2	1	0	
	妥善安置病人，整理床单位	5	5	4	2	0	
	正确处理用物	5	5	4	2	0	
	洗手、记录	3	3	2	1	0	
	关心病人，注意护患沟通	5	5	4	2	0	
操作熟练程度	动作轻巧、稳重、有条不紊，遵守注意事项	7	7	5	3	1~0	
人文关怀	操作中注意与病人交流，关心病人	6	6	4	2	1~0	

主考教师______ 考试日期 年 月 日

考核项目二十二 静脉采集血液标本法操作考核及评分标准

班级＿＿＿＿＿＿ 姓名＿＿＿＿＿＿ 学号＿＿＿＿＿＿ 得分＿＿＿＿＿＿

项目		内容	分值	评分等级及分值				实际得分
				A	B	C	D	
仪表		工作衣、帽、鞋穿戴整齐，戴口罩	4	4	3	2	1～0	
姿态		走姿、站姿、推治疗车、端治疗盘	4	4	3	2	1～0	
操作前准备		评估病人	3	3	2	1	0	
		用物准备	2	2	1	0	0	
		环境准备	2	2	1	0	0	
操作过程	采血	核对、检查注射器及标本容器	5	5	4	3	2～0	
		正确取用注射器	4	5	4	3	2～0	
		核对、解释，取得病人合作	5	5	4	3	2～0	
		选择静脉，系止血带部位、方法正确	6	6	5	4	3～0	
		消毒皮肤范围、方法正确	6	6	5	4	3～0	
		注射方法正确，一针见血	8	8	6	4	3～0	
		抽血量正确	12	12	10	8	7～0	
		穿刺后做好两松(拳、止血带)	5	5	4	3	2～0	
		拔针、按压方法正确，嘱咐注意事项	6	6	5	4	3～0	
		注入容器的方法正确	15	15	12	8	7～0	
		妥善安置病人、用物整理	3	3	2	1	0	
操作熟练程度		动作轻巧、稳重、有条不紊	5	5	4	3	2～0	
人文关怀		操作过程中注意与病人交流、沟通，关心病人	5	5	4	3	2～0	

主考教师＿＿＿＿＿＿ 考试日期 年 月 日

考核项目二十三 动脉采集血液标本法操作考核及评分标准

班级________ 姓名________ 学号________ 得分________

项目		内容	分值	评分等级及分值				实际得分
				A	B	C	D	
仪表		工作衣、帽、鞋穿戴整齐，戴口罩	4	4	3	2	1～0	
姿态		走姿、站姿、推治疗车、端治疗盘	4	4	3	2	1～0	
操作前准备		评估病人	3	3	2	1	0	
		用物准备	2	2	1	0	0	
		环境准备	2	2	1	0	0	
操作过程	采血	核对、检查注射器及标本容器	5	5	4	3	2～0	
		正确取用注射器	4	5	4	3	2～0	
		正确抽吸肝素，润滑注射器	5	5	4	3	2～0	
		核对、解释，取得病人合作	5	5	4	3	2～0	
		选择动脉方法正确	8	8	6	4	3～0	
		消毒皮肤范围、方法正确	6	6	5	4	3～0	
		固定动脉方法正确	4	5	4	3	2～0	
		注射方法正确，一针见血	8	8	6	4	3～0	
		抽血量正确	8	8	6	4	3～0	
		拔针、按压方法正确，嘱咐注意事项	6	6	5	4	3～0	
		注射器处理方法正确	8	8	6	4	3～0	
		及时送检	5	5	4	3	2～0	
		妥善安置病人、用物整理	3	3	2	1	0	
操作熟练程度		动作轻巧、稳重、有条不紊	5	5	4	3	2～0	
人文关怀		操作过程中注意与病人交流、沟通，关心病人	5	5	4	3	2～0	

主考教师________ 考试日期 年 月 日

考核项目二十四 尸体护理法操作考核及评分标准

班级________ 姓名________ 学号________ 得分________

项目	内容	分值	评分等级及分值				实际得分
			A	B	C	D	
仪表	工作衣、帽、鞋穿戴整齐，戴口罩	4	4	3	2	1～0	
姿态	走姿、站姿、推治疗车、端治疗盘	4	4	3	2	1～0	
操作前准备	评估死亡病人	3	3	2	1	0	
	用物准备	2	2	1	0	0	
	环境准备	2	2	1	0	0	
操作过程	填写3张尸体识别卡	8	8	6	4	2～0	
	向家属解释、安慰	5	5	4	3	2～0	
	洗脸，塞口、鼻、耳孔等各孔道	8	8	6	4	2～0	
	更换敷料，擦净全身，更衣梳发	10	10	8	6	5～0	
	系第1张尸体识别卡，包裹尸单	6	6	5	4	2～0	
	系好绷带，粘贴第2张尸体识别卡	6	6	5	4	2～0	
	移尸体于平车，送入太平间，置于停尸屉	8	8	6	4	2～0	
	放置好第3张尸体识别卡	5	5	4	3	2～0	
	处理床单位，注销各执行卡	6	6	4	3	2～0	
	整理、记录	5	5	4	3	2～0	
	整理遗物	4	4	3	2	1～0	
操作熟练程度	动作轻巧、稳重、有条不紊	6	6	4	2	1～0	
人文关怀	操作过程中注意与死者家属交流、沟通，关心、安慰家属	8	8	6	4	2～0	

主考教师________ 考试日期 年 月 日

第三部分

护理基本技术实训项目测试题及答案

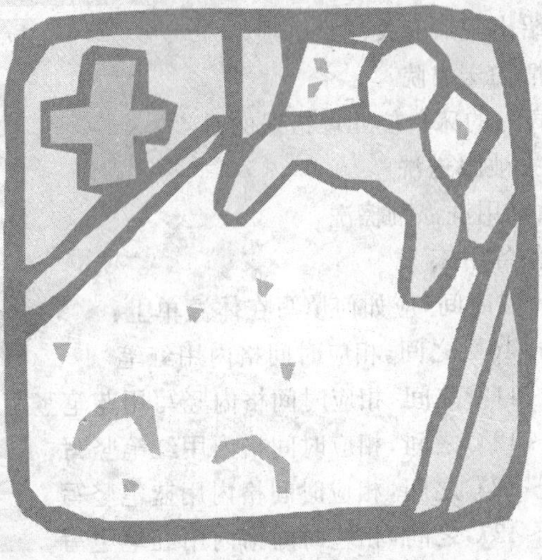

1单元 实训项目测试题

一、铺床法测试题

【单选题】

1. 住院处办理入院手续的根据是：
   A. 单位介绍信　B. 转院证明
   C. 门诊病历　D. 住院证
   E. 社保证明
2. 休克病人入病室后护士首先应：
   A. 填写各种卡片　B. 通知医生、配合抢救、测量生命体征
   C. 询问病史，评估发病过程　D. 通知营养室，准备膳食
   E. 介绍病室病友
3. 传染病人入院时换下的衣服应如何处理：
   A. 包好后存放　B. 交给家属带回
   C. 消毒后存放或消毒后交给家属带回　D. 日光曝晒后存放
   E. 消毒后交病人保管
4. 出院护理过程中错误的是：
   A. 办理出院手续　B. 停止注射，给口服药继续服用
   C. 介绍出院后有关注意事项　D. 征求病人意见
   E. 热情护送出院
5. 出院病人的床单位处理错误的是：
   A. 撤去被服送洗　B. 被褥曝晒 6h，每 2 小时翻动 1 次
   C. 床、桌用洗涤剂擦洗　D. 茶具、痰杯煮沸消毒
   E. 准备备用床
6. 病人入院时间，应如何填写在体温单上：
   A. 39～40℃之间，相应时间格内用红笔
   B. 40～41℃之间，相应时间格内竖写用蓝笔竖写
   C. 40～42℃之间，相应时间格内用红笔竖写
   D. 40～42℃之间，相应时间格内用蓝笔竖写
   E. 38～42℃之间，相应时间格内用红笔竖写
7. 准备用平车送一个在急诊室已给予输液、吸氧的病人进入病房，护送途中护士应注意：
   A. 观察输液、吸氧情况，避免中断　B. 拔管暂停输液、吸氧
   C. 暂停吸氧，输液继续　D. 暂停输液，吸氧继续
   E. 暂停护送，待病情好转后再送入病房
8. 王大妈因病住院，护士应如何为其准备床单位：

A. 根据病情需要选择床位
B. 将其安排在重危病室
C. 将其安排在护士办公室旁边，以便观察
D. 按病房实际情况安排床位
E. 将其安置在隔离病室

9. 支气管哮喘发作期病人入院时应：
A. 安置在危重病室
B. 安置在普通病室
C. 安置在隔离病室
D. 安置门诊观察室
E. 安置在处置室

10. 病人出院时的护理工作不妥的是：
A. 医生根据病人的病情决定出院时间
B. 护士提前通知病人或家属做好准备
C. 病人家属直接去住院处办理出院
D. 办完手续后，取回寄存物品
E. 护士协助病人整理物品

11. 下列哪项不符合节力原则：
A. 身体靠近床边
B. 两腿间距与肩同宽
C. 使用肘部力量
D. 两膝稍屈并分开
E. 上身保持一定弯度

12. 暂空床适合于：
A. 重患者
B. 新入院患者
C. 麻醉后患者
D. 手术患者
E. 以上都是

13. 患者入院时进行的初步护理的内容不包括：
A. 康复方面的健康教育
B. 做好心理护理
C. 测量体温、脉搏、呼吸、血压
D. 入院指导
E. 填写有关表格

14. 铺麻醉床的最主要目的是：
A. 防止患者术后切口疼痛
B. 使患者安全舒适
C. 便于护理患者
D. 预防并发症
E. 操作节力

15. 需要准备麻醉床的病人是：
A. 外科新入院的病人
B. 行口服法胆囊造影的病人
C. 腰椎穿刺术后的病人
D. 肠梗阻待手术的病人
E. 腹腔镜术后的病人

【填空题】

1. 医院分级护理包括________，________，________，________。

2. 接住院处通知后，病区值班护士应根据病情选择床位，重危病员应安置在________，传染病病员应安置在________。

【简答题】

简述铺麻醉床的目的。

【问答题】

患者男性，70 岁，因急性支气管哮喘发作，送急诊而需住院治疗。当你接到这个通知时，

你应准备哪些工作？如何接待此病人？

二、清洁护理测试题

【选择题】

1. 口腔发臭应该选用哪种漱口液：

A. 生理盐水　　B. 1%～3%过氧化氢溶液

C. 1%～4%碳酸氢钠　　D. 0.02%呋喃西林溶液

E. 0.1%醋酸溶液

2. 铜绿假单胞菌(绿脓杆菌)引起的口腔炎，应选用哪种漱口液：

A. 0.1%醋酸　　B. 2%～3%硼酸溶液

C. 1%～4%碳酸氢钠　　D. 1%～3%过氧化氢溶液

E. 生理盐水

3. 给病人做口腔护理时，操作正确的是：

A. 漱口后观察口腔黏膜　　B. 昏迷病人用血管钳夹紧过湿的棉球

C. 义齿取下后浸泡于乙醇中　　D. 口唇干裂涂西瓜霜

E. 口腔溃疡如有绿色分泌物时可用1%～3%过氧化氢溶液漱口

4. 口腔护理的目的不包括：

A. 清洁口腔　　B. 去除口臭

C. 观察舌苔和口腔黏膜　　D. 清除口腔内一切细菌

E. 增进食欲

5. 为昏迷病人进行口腔护理时特别注意：

A. 操作时动作轻　　B. 观察口腔黏膜

C. 血管钳夹紧棉球　　D. 张口器从臼齿处放入

E. 注意湿润口角

6. 患者李某，男性，75岁，半月前患急性胆囊炎而使用广谱抗生素，近日来口腔溃疡，溃疡面上附着白色膜状物，判断口腔病变最大可能是：

A. 维生素缺乏　　B. 真菌感染

C. 细菌感染　　D. 厌氧菌感染

E. 与胆囊疾病有关

7. 王某，女，26岁，诊断为再生障碍性贫血，检查发现口唇及口腔黏膜有散在瘀点，轻触牙龈出血，护士为其口腔护理应特别注意：

A. 取下义齿　　B. 夹紧棉球

C. 动作轻柔　　D. 禁忌漱口

E. 防止棉球过湿

8. 一女性肺癌患者，经化疗，护理时发现口腔有一溃疡，上有绿色脓液，宜选何种溶液做口腔护理：

A. 2%～3%硼酸水　　B. 1%～4%碳酸氢钠

C. 0.1%醋酸　　D. 0.02%呋喃西林

E. 生理盐水

9. 导致压疮发生的最主要原因是：

A. 局部组织受压过久　B. 病原菌侵入皮肤组织
C. 皮肤破损　D. 皮肤受潮湿摩擦刺激
E. 营养不良

10. 截瘫病人长时间仰卧，最易产生压疮的部位是：

A. 枕部　B. 肩胛部
C. 骶尾部　D. 足跟部
E. 背部

11. 刘某，79 岁，下肢瘫痪，近期发现其骶尾部呈紫色，皮下有硬结和水疱。根据其体征判断其属于压疮的哪一期：

A. 淤血红润期　B. 炎性红润期
C. 炎性浸润期　D. 浅层溃疡期
E. 深层溃疡期

12. 避免病人局部受压下述措施错误的是：

A. 每 2 小时翻身 1 次　B. 身体空隙处垫软枕
C. 瘫痪病人用护架抬高盖被　D. 用橡胶气圈垫于尾骶部
E. 翻身时应将病人身体抬起再挪动位置

13. 压疮淤血红润期的典型表现是：

A. 受压皮肤呈紫红色　B. 皮肤破损，有渗出液
C. 皮肤上出现小水疱　D. 局部皮肤出现红肿热痛
E. 皮肤出现大水疱

14. 压疮的预防下列哪项不正确：

A. 经常变换卧位　B. 保护骨隆突处皮肤
C. 床铺清洁、干燥、平整　D. 受压部位 75％乙醇按摩
E. 增进病人的营养

15. 除了下列哪项以外，均会导致压疮的发生：

A. 局部组织受压　B. 皮肤经常受潮湿、摩擦刺激
C. 全身营养缺乏　D. 肌肉软弱萎缩
E. 石膏绷带使用不当

16. 卧床病人使用气垫褥、水褥的目的是：

A. 降低隆突部位所受到的压强　B. 减少皮肤的摩擦刺激
C. 固定体位　D. 架空受压部位
E. 使病人容易入睡

【填空题】

1. 做口腔护理时，暂不用的义齿取下后浸泡于________、________中。

2. 为昏迷病人做口腔护理禁忌________，需用张口器时，应从________处放入。

3. 口腔铜绿假单胞菌（绿脓杆菌）感染时应选用________漱口液，厌氧杆菌感染时用________漱口液，真菌感染时用________漱口液。

4. 帮助病人翻身时，不可________，以免擦伤皮肤。应将病人身体稍________再翻身。两

人协助翻身时，注意动作________。

5. 预防压疮做到六勤________、________、________、________、勤更换、勤整理。

6. 压疮的三个主要物理力是________、________、________。

7. 预防压疮的措施有________，________，________以及避免潮湿摩擦等物理性刺激。

【名词解释】

压疮：

【简答题】

如何为昏迷病人做口腔护理？

【问答题】

张某，女，60 岁，2 周前因脑血管意外导致右侧偏瘫，病人神志清楚，消瘦，大小便失禁。3d 前发现其骶尾部皮肤呈紫红色，有水疱，局部硬结，请问：

(1)病人发生的骶尾部压疮是哪一期？

(2)应如何处理？

三、无菌、隔离技术操作测试题

【选择题】

1. 无菌持物钳的使用原则中下列哪一项是对的：

A. 可以用来夹取所有的物品

B. 取无菌凡士林纱布要谨慎

C. 无菌持物钳浸泡容器应隔日消毒一次，保持其无菌

D. 使用时保持钳端向下，不可平持和倒转

E. 可以触碰浸泡容器内壁的任何地方

2. 浸泡无菌持物钳的消毒液，应浸泡在钳的：

A. 轴节以上 1～2cm　　B. 轴节以上 4～5cm

C. 轴节以下 1～2cm　　D. 轴节以上 2～3cm

E. 无菌持物钳的 2/3 以上

3. 铺无菌盘时，除哪项外都是正确的：

A. 以无菌持物钳夹取治疗巾　　B. 注意使治疗巾边缘对齐

C. 治疗巾开口部分及两侧反折　　D. 有效期不超过 6h

E. 铺无菌盘的区域必须清洁干燥

4. 下列哪项操作违反了无菌操作原则：

A. 手持无菌容器，应握住边缘部分　　B. 打开无菌容器时，盖的内面向上放置

C. 取用无菌液体，手不可触及瓶塞内面　　D. 戴手套的手不可触及另一手套的内面

E. 取无菌溶液时，首先核对瓶签

5. 为防止交叉感染，具体针对性的措施是：

A. 一份无菌物品只供一个病人使用　　B. 进行无菌操作时要戴口罩帽子

C. 取无菌物品要用无菌持物钳　　D. 无菌物品与非无菌物品分开

E. 无菌物品要定期消毒

6. 到较远的地方夹取无菌物品时，持物钳的使用应：

A. 右手持持物钳，用左手遮盖
B. 持物钳与容器一同搬移，就地使用
C. 手持持物钳快速行走到目的地
D. 手持持物钳，小心被污染
E. 把持物钳放入另一无菌容器中一起携带

7. 下列哪项不符合无菌操作原则：
A. 环境清洁、干燥
B. 无菌物品与非无菌物品分别放置
C. 取无菌物品要用无菌持物钳
D. 一份无菌物品未用完可供他人使用
E. 操作中手臂保持在腰部水平以上

8. 下列无菌包保管原则哪项不正确：
A. 无菌包和非无菌包应分开放置
B. 应放在清洁干燥橱柜内
C. 应注明灭菌日期
D. 无菌包一经打开，包内物品不可再用
E. 应定期检查无菌物品保存情况

9. 无菌区的定义：
A. 经过无菌处理的区域
B. 经过无菌处理而未被污染的区域
C. 未经过无菌处理的区域
D. 灭菌处理后被污染的区域
E. 覆盖无菌巾的区域

10. 隔离技术操作，下述哪项是错误的：
A. 刷手时从指甲开始顺序洗到前臂
B. 口罩取下后清洁面向外折叠
C. 隔离衣潮湿应立即更换
D. 取避污纸应从页面抓取
E. 进入隔离单位必须穿隔离衣

【填空题】

1. 供应室一般分为三个区，即________、________和________。
2. 无菌镊浸泡在消毒液中，液面以浸泡镊子的________为宜。
3. 无菌技术是防止________的重要措施，隔离技术是防止________的重要措施。
4. 穿隔离衣时手从________起被污染。

【名词解释】

1. 无菌技术：
2. 半污染区：
3. 隔离：

【简答题】

在无菌技术操作过程中，应遵守哪些原则？

四、生命体征测量法测试题

【选择题】

1. 护理高热病人不符合要求的是：
A. 病人卧床休息
B. 冰袋放腋窝、头顶部
C. 每日测体温 4 次
D. 给予高热量流质或半流质饮食
E. 病情允许情况下多饮开水

2. 可采用口腔测温的是：
A. 支气管哮喘者
B. 急性左侧心力衰竭者

C. 胃溃疡出血者　　D. 精神异常者

E. 小儿患者

3. 患者张某，男性，50 岁，因“胃溃疡”住院，由于不慎咬破体温计，吞下水银，立即首先采取的措施是：

A. 清除口腔内玻璃碎屑　　B. 催吐

C. 口服大量牛奶　　D. 服用大量韭菜

E. 洗胃

4. 体温升高至 39℃以上，持续数日，日差不超过 1℃，见于：

A. 伤寒　　B. 疟疾

C. 流感　　D. 败血症

E. 肺炎

5. 体温上升期病人表现为：

A. 畏寒、皮肤苍白、无汗　　B. 畏寒、皮肤潮红、多汗

C. 畏寒、皮肤潮红、无汗　　D. 畏寒、皮肤苍白、多汗

E. 皮肤潮红、出汗、少尿

6. 测量成人直肠温度时，将肛表插入肛门的深度为：

A. 1～2cm　　B. 2～3cm

C. 3～4cm　　D. 4～5cm

E. 5～6cm

7. 检查体温计的准确性的水温应是：

A. 30℃以下　　B. 35℃以下

C. 40℃以下　　D.45℃以下

E. 37℃以下

8. 为房颤病人测脉搏哪项不正确：

A. 由两人各测 1min 心率脉率　　B. 以分数式记录心率/脉率

C. 将示、中、环指的指端按在桡动脉上　　D. 压力大小以清楚触到脉搏为宜

E. 两位护士同时开始测量

9. 失血性休克病人的脉搏特征是：

A. 细脉　　B. 奇脉

C. 洪脉　　D. 丝脉

E. 脉搏短绌

10. 代谢性酸中毒患者的呼吸异常表现为：

A. 吸气呼吸困难　　B. 呼吸间断

C. 呼吸深大　　D. 呼吸浅快

E. 呼吸不规则

11. 属于节律改变的呼吸是：

A. 鼾声呼吸　　B. 呼吸缓慢

C. 毕奥呼吸　　D. 蝉鸣样呼吸

E. 酸中毒呼吸

12. 一垂危病人呼吸微弱不易观察，测量呼吸时此时应采取何种方法观察：
A. 耳朵贴近病人口鼻处，听其呼吸声响
B. 手背置病人鼻孔前，以感觉气流
C. 手按胸腹部，观察其起伏次数
D. 测脉率除以 4，以测呼吸次数
E. 用少许棉花置病人鼻孔前，观察棉花丝飘动次数

13. 血压的生理性变化，其哪一项是错误的：
A. 睡眠不佳时，血压可稍升高
B. 傍晚血压高于清晨
C. 寒冷环境中血压上升
D. 高热环境中血压上升
E. 45 岁前的成年人中，男性血压要比女性高

14. 某高血压脑出血患者，伴右上肢偏瘫，护士在测血压时正确的是：
A. 袖带缠在上臂下部
B. 松紧以放入二指为宜
C. 听不清应立即重测
D. 袖带宽为 12cm
E. 左侧卧位时应测右侧上肢的血压

15. 以下不宜由直肠测量体温的病人是：
A. 精神异常者
B. 昏迷者
C. 小儿
D. 腹泻者
E. 下肢烧伤者

16. 休克病人的脉搏特征是：
A. 强大有力
B. 细弱无力
C. 动脉管壁变硬，失去弹性
D. 单位时间脉率少于心率
E. 每隔一个正常搏动后出现一次期前收缩

17. 血管的外周阻力增加主要可使：
A. 收缩压增高
B. 舒张压增高
C. 收缩压降低
D. 舒张压降低
E. 收缩压与舒张压降低

18. 检查血压计时关紧活门充气，如汞柱不能上升，可能为：
A. 汞量太满
B. 袖带太紧
C. 袖带太宽
D. 袖带太窄
E. 漏气

19. 下列哪种疾病测不到水冲脉：
A. 颅内压增高
B. 房室传导阻滞
C. 主动脉瓣关闭不全
D. 高血压性心脏病
E. 心包积液

20. 测量脉搏后再测呼吸，护士的手仍置于病人脉搏部位的目的是：
A. 表示对病人的关心
B. 将脉率与呼吸频率对照
C. 测量脉搏估计呼吸频率
D. 便于看表计时
E. 转移病人的注意力

21. 用测上臂的袖带测定下肢动脉血压，其结果是收缩压比肱动脉血压：

A. 高 10～20mmHg　　B. 低 15～20 mmHg

C. 高 20～40 mmHg　　D. 低 20～40 mmHg

E. 无差异

【填空题】

1. 以口腔温度来划分发热即：低热________，中度热________，高热________，超高热________。

2. 不规则热常见于________和________等。

3. 间隙热是指________与________交替有规律地反复出现。

4. 体温调节中枢位于________。

5. 脉搏节律异常有________、________。

6. 测量血压时，被测肢体应与________处于同一水平，坐位时，肱动脉应平________，卧位时肱动脉平________。

7. 测血压要做到四定即________，________，________，________。

8. 测血压时，袖带过窄，会使测得值________；缠得袖带过松，又会使测得的血压值________。

【名词解释】

1. 稽留热：

2. 间歇热：

3. 弛张热：

4. 绌脉：

5. 间歇脉：

6. 潮式呼吸：

7. 间断呼吸：

8. 呼吸困难：

【简答题】

1. 高热病人的护理措施有哪些？

2. 影响血压值准确性的因素有哪些？

五、鼻饲法测试题

【选择题】

1. 下列证明胃管在胃内的方法中，哪项是错误的：

A. 注入 10ml 温开水，同时在胃部听到气过水声

B. 抽吸出胃液

C. 胃管末端放入水杯中无气体逸出

D. 抽出液遇石蕊试纸变红色

E. 注入 10ml 空气，同时在胃部听到气过水声

2. 鼻饲时，下列哪项操作不妥：

A. 应检查胃管是否通畅　　B. 检查胃管是否在胃内注入少量温开水

C. 每次鼻饲量不超过 200ml　　D. 灌入药物时，先将药物研碎溶解

E. 拔管时将胃管夹紧，拔到咽喉处宜迅速

3. 鼻饲喂食的量与间隔时间正确的是：

A. 不少于 200ml，不少于 2h
B. 不超过 200ml，不少于 2h
C. 200ml，2h
D. 不超过 200ml，不少于 1h
E. 不超过 200ml，不超过 2h

4. 某病人需长期鼻饲，护理中错误的做法是：

A. 灌注用物应每日消毒 1 次
B. 需用药片时，应先研碎、溶解后再灌入
C. 注入流质饮食及药物前后均应注入少量温开水
D. 每次鼻饲间隔时间不少于 2h
E. 胃管应每日更换，晚上拔出，翌晨再由另一鼻孔插入

5. 成人鼻饲时，胃管插入的长度为：

A. 15～25 cm
B. 25～35cm
C. 35～45cm
D. 45～55cm
E. 55～65cm

6. 成人插胃管时，测量长度的正确方法是：

A. 从鼻尖至耳垂再至剑突
B. 从鼻尖至剑突
C. 从耳垂至剑突
D. 从口至耳垂再至剑突
E. 从眉心至剑突

7. 插胃管时，病人出现呛咳、发绀，护士应：

A. 稍停片刻再插
B. 托起病人头部
C. 嘱病人深呼吸
D. 嘱病人做吞咽动作
E. 立即拔出胃管

8. 为昏迷病人插胃管至 15cm 时应托起头部，其目的是：

A. 避免病人恶心
B. 防止胃管盘曲在口中
C. 增大咽部通道的弧度
D. 使喉部肌肉收缩，便于插管
E. 避免损伤食管黏膜

9. 禁忌使用鼻饲法的病人是：

A. 昏迷
B. 口腔手术
C. 破伤风
D. 食管下段静脉曲张
E. 不能张口

10. 鼻饲法注意事项中叙述不正确的有：

A. 长期鼻饲者应每日进行口腔护理
B. 服用药片时应将药片研碎，溶解后再注入
C. 应隔周于晚间末次喂食后拔管
D. 拔管时夹紧胃管末端轻快拔出
E. 翌晨再由另一鼻孔插入

【填空题】

1. 插鼻饲管时，在通过食管三个狭窄处，即________、________、________时，插管动作更

应轻柔，以免损伤食管黏膜。

2. 鼻饲或从造瘘口滴入要素饮食时，滴注温度应保持在________，滴速________ml/h，最多不超过________ml/h。

3. 插鼻饲管前，用液状石蜡润滑胃管前端约________cm，当胃管插入________cm时，嘱病人做吞咽动作，插管深度为________cm。

4. 鼻饲者需用药物时，应将药片________、________后再灌入。

5. 鼻饲时昏迷病人插管前所取的体位是________，插至________cm时应用左手托起头部，使下颌角贴近胸骨柄，以提高插管的成功率。

6. 证明胃管在胃内的3种方法为________、________、________。

【简答题】

1. 简述插鼻饲管时可能会遇到的问题及处理方法。

2. 你如何证实胃管已插入胃内？

六、洗胃法测试题

【选择题】

1. 双侧瞳孔散大常见于：
A. 有机磷农药中毒　B. 吗啡类中毒
C. 巴比妥类中毒　D. 颠茄类中毒
E. 脑疝早期

2. 洗胃的禁忌证不包括：
A. 强酸强碱中毒　B. 食管静脉曲张
C. 消化性溃疡　D. 胃癌
E. 昏迷

3. 下列哪种病人可以洗胃：
A. 昏迷　B. 消化道溃疡
C. 食管阻塞　D. 胃癌
E. 食管静脉曲张

4. 给中毒病人洗胃时，需先吸尽胃内容物，其最主要目的是：
A. 确定胃管已插入胃中　B. 防止胃管阻塞
C. 防止胃扩张　D. 做毒物鉴定
E. 减少毒物吸收

5. 在洗胃过程中，如病人感觉疼痛，灌洗出血性液体或出现休克现象，应：
A. 立即停止洗胃　B. 减慢洗胃速度
C. 减少每次灌入液量　D. 尽快将液体吸出
E. 继续洗胃，但需加快速度

6. 下列哪种药物中毒病人不能服用牛奶：
A. 硝酸　B. 氢氧化钠
C. 碳酸　D. 磷化锌
E. 硫酸

7.下列哪种药物中毒可选用2%～4%碳酸氢钠溶液洗胃：

A.1059农药　B.美曲膦脂

C.磷化锌　D.巴比妥类

E.DDT

8.护士为中毒病人洗胃时，下列哪项不妥：

A.中毒物质不明时洗胃液可选用生理盐水　B.中毒较重时可取右侧卧位

C.昏迷者取去枕平卧位，头偏向一侧　D.每次灌入量不超过500ml

E.如流出血性灌洗液，应立即停止洗胃

9.患者，女性，19岁，因在田间喷洒有机磷农药时防护不当造成中毒，其瞳孔可见：

A.双侧扩大　B.双侧缩小

C.双侧瞳孔大小不等　D.双侧同向偏斜

E.单侧扩大固定

10.美曲膦酯中毒病人禁用下列哪种洗胃溶液：

A.生理盐水　B.温开水

C.2%～4%碳酸氢钠　D.1∶15 000～1∶20 000高锰酸钾

E.1%盐水

11.下列哪种药物中毒应禁忌洗胃：

A.敌敌畏　B.氰化物

C.磷化锌　D.浓盐酸

E.DDT

12.为幽门梗阻病人洗胃时宜采取：

A.口服催吐法　B.漏斗胃管洗胃法

C.电动吸引器洗胃法　D.注洗器洗胃法

E.自动洗胃机洗胃法

13.洗胃时每次灌入溶液量应控制在：

A.100ml　B.200～300ml

C.300～500ml　D.600～800ml

E.800～1 000ml

14.电动吸引器洗胃的原理是：

A.负压原理　B.虹吸原理

C.电动原理　D.空吸原理

E.液体静压原理

15.漏斗胃管洗胃是利用：

A.负压原理　B.虹吸原理

C.正压原理　D.空吸原理

E.液体静压原理

16.洗胃时每次灌入量不宜过多，其目的是防止：

A.窒息的发生　B.胃酸浓度降低

C.损伤胃黏膜　D.胃液分泌减少

第1单元 实训项目测试题

一、铺床法测试题

【单选题】

1. 住院处办理入院手续的根据是：
   A. 单位介绍信　　B. 转院证明
   C. 门诊病历　　D. 住院证
   E. 社保证明
2. 休克病人入病室后护士首先应：
   A. 填写各种卡片　　B. 通知医生、配合抢救、测量生命体征
   C. 询问病史，评估发病过程　　D. 通知营养室，准备膳食
   E. 介绍病室病友
3. 传染病人入院时换下的衣服应如何处理：
   A. 包好后存放　　B. 交给家属带回
   C. 消毒后存放或消毒后交给家属带回　　D. 日光曝晒后存放
   E. 消毒后交病人保管
4. 出院护理过程中错误的是：
   A. 办理出院手续　　B. 停止注射，给口服药继续服用
   C. 介绍出院后有关注意事项　　D. 征求病人意见
   E. 热情护送出院
5. 出院病人的床单位处理错误的是：
   A. 撤去被服送洗　　B. 被褥曝晒6h，每2小时翻动1次
   C. 床、桌用洗涤剂擦洗　　D. 茶具、痰杯煮沸消毒
   E. 准备备用床
6. 病人入院时间，应如何填写在体温单上：
   A. 39～40℃之间，相应时间格内用红笔
   B. 40～41℃之间，相应时间格内竖写用蓝笔竖写
   C. 40～42℃之间，相应时间格内用红笔竖写
   D. 40～42℃之间，相应时间格内用蓝笔竖写
   E. 38～42℃之间，相应时间格内用红笔竖写
7. 准备用平车送一个在急诊室已给予输液、吸氧的病人进入病房，护送途中护士应注意：
   A. 观察输液、吸氧情况，避免中断　　B. 拔管暂停输液、吸氧
   C. 暂停吸氧，输液继续　　D. 暂停输液，吸氧继续
   E. 暂停护送，待病情好转后再送入病房
8. 王大妈因病住院，护士应如何为其准备床单位：

E. 胃管堵塞

17. 患者，女性，35 岁，因琐事与家人争吵后口服大量有机磷农药，入院时意识丧失，需立即洗胃

(1)病人应选用哪种洗胃溶液：

A. 蛋清水
B. 1∶15 000～1∶20 000 高锰酸钾
C. 2%～4%碳酸氢钠
D. 0.1%硫酸铜溶液
E. 1%盐水

(2)病人洗胃时宜取何种体位：

A. 坐位
B. 半坐位
C. 去枕平卧
D. 去枕左侧卧位
E. 左侧卧位

【填空题】

1. 洗胃不当可引起的并发症有________、________、________。

2. 为幽门梗阻病人洗胃，宜在________或________时进行。

3. 中毒物质不明时，洗胃溶液可选用________。吞服强酸或强碱等腐蚀性药物时应禁忌________。

【问答题】

患者，女性，18 岁，服“安眠药”1 瓶，来院时意识不清，血压 80/60mmHg，脉搏 60/min，呼吸 14/min，你在急诊值班时应做哪些抢救准备工作？选用何种洗胃液？在洗胃中如何防止并发症的发生？

七、给药法测试题

【选择题】

1. 50%葡萄糖注射液 40ml，IV qd，执行时间是：

A. 每日上午 8 时
B. 每日晚上 8 时
C. 隔日上午 8 时
D. 隔日晚上 8 时
E. 每日中午 12 时

2. 为减轻患者呼吸道黏膜水肿做雾化吸入，药物首选：

A. α-糜蛋白酶
B. 氨茶碱
C. 地塞米松
D. 乙酰半胱氨酸(痰易净)
E. 卡那霉素

3. 选择静脉注射穿刺部位，下列哪项不妥：

A. 选择粗直、弹性好的静脉
B. 穿刺部位应避开关节
C. 由近心端到远心端选择血管
D. 避免在皮肤炎症处进针
E. 不宜在静脉瓣部位进针

4. 进行雾化吸入时不正确的操作步骤是：

A. 水槽内盛冷蒸馏水
B. 雾化罐内药液稀释至 30～50ml
C. 先开电源开关，再开雾化开关
D. 使用中水槽内换水时不必关机
E. 治疗毕，先关雾化开关，再关电源开关

5. 雾化吸入治疗结束后，不需消毒的物品是：
A. 雾化罐　B. 水槽
C. 螺纹管　D. 口含嘴
E. 面罩

6. 服用洋地黄需严密观察：
A. 胃肠道反应　B. 是否成瘾
C. 体温　D. 心率
E. 发热反应

7. 护士在静脉注射中发现病人局部肿胀、疼痛，抽有回血，其原因可能是：
A. 针头穿透血管壁　B. 针头斜面一半在血管外
C. 针刺入过深，药物注在组织间隙　D. 针头斜面紧贴血管壁
E. 针头阻塞

8. 发挥药效最快的给药途径是：
A. 口服　B. 皮下注射
C. 皮内注射　D. 肌内注射
E. 静脉注射

9. 臀大肌注射时病人的正确姿势是：
A. 下腿伸直，上腿弯曲　B. 上腿伸直，下腿稍弯曲
C. 两腿伸直　D. 两腿弯曲
E. 双膝向腹部弯曲

10. 饭前的外文缩写是：
A. ac　B. pc
C. am　D. pm
E. hs

11. 易氧化和遇光变质的药物有：
A. 盐酸肾上腺素　B. 乙醇
C. 胎盘球蛋白　D. 青霉素
E. 干酵母

12. 服后不宜饮水的药物是：
A. 铁剂　B. 糖衣片
C. 止咳糖浆　D. 盐酸肾上腺素
E. 磺胺类药物

13. 服后宜多饮水的药物是：
A. 颠茄合剂　B. 止咳糖浆
C. 地高辛　D. 硫酸镁
E. 磺胺类药

14. 超声雾化吸入完毕，应先关雾化开关，再关电源开关，是为了防止损坏：
A. 螺旋管　B. 雾化罐
C. 电晶片　D. 透声膜

E. 电子管

15. 注射时为防止交叉感染应采取的措施是：

A. 注意药物的配伍
B. 选择合适的注射器和针头
C. 检查药物有无变质
D. 不宜在硬结、化脓的部位注射
E. 注射前洗手、戴口罩，注射部位皮肤的消毒直径在 5cm 以上

16. 2 岁以下的婴儿，肌内注射时应选用：

A. 臀大肌
B. 臀中、小肌
C. 上臂三角肌
D. 股外侧肌
E. 前臂掌侧下段

17. 抢救青霉素过敏性休克病人时，首选的药物为：

A. 盐酸异丙嗪
B. 去氧肾上腺素
C. 盐酸肾上腺素
D. 异丙肾上腺素
E. 去甲肾上腺素

18. 对接受青霉素治疗的病人，如果停药几天以上，必须重新做过敏试验：

A. 1d
B. 2d
C. 3d
D. 4d
E. 5d

19. 破伤风抗毒素脱敏注射下列哪种方法是正确的：

A. 分 2 次量，平均每隔 20 分钟注射 1 次
B. 分 3 次量，平均每隔 20 分钟注射 1 次
C. 分 4 次量，平均每隔 20 分钟注射 1 次
D. 分 4 次量，注射量由少到多，平均 20 分钟注射 1 次
E. 分 4 次量，注射量由少到多，平均 10 分钟注射 1 次

20. 青霉素过敏性休克在抢救时首先采取的措施是：

A. 立即通知医生抢救
B. 静脉注射 0.1%盐酸肾上腺素 1ml
C. 立即停药，平卧，皮下注射 0.1%盐酸肾上腺素
D. 立即吸氧，行胸外心脏按压
E. 氢化可的松静脉输液

21. 为病人做皮内过敏试验时，首先应：

A. 环境要清洁、宽阔
B. 备好 75%乙醇及无菌棉签
C. 抽药剂量要准确
D. 询问病人有无过敏史
E. 选择合适的注射部位

22. 对长期进行肌内注射的病人，护士在注射前要特别注意：

A. 评估病人局部组织状态
B. 针梗不可全部刺人
C. 询问病人有无过敏史
D. 认真消毒病人局部皮肤
E. 病人体位的舒适

23. 下列哪种是配置青霉素皮试液所需要的溶媒：

A. 苯甲醇
B. 注射用水

C. 利多卡因　　D. 生理盐水

E. 5%等渗盐水

【填空题】

1. 治疗链霉素过敏反应的首选药物是________，治疗输血时发生过敏性休克的首选药物是________。

2. 青霉素现配现用的目的是________、________。

3. 给药过程中的三查是________、________、________，七对是________、________、________、________、________、________、________，注意观察________和________。

4. 臀大肌注射十字法定位是从________向左或向右一侧划________，再从________的最高点做一________，在________象限并避开内角处为注射区。

5. 长期静脉注射者，为保护静脉，注射次序是________，由________到________地选择血管。

6. 各种皮试液的浓度为链霉素________/ml、TAT ________/ml，普鲁卡因________ mg，细胞色素________/ml。

【名词解释】

1. 联线法：

2. 十字法：

【简答题】

1. 简述 TAT 脱敏疗法的过程。

2. 简述给药的原则。

3. 如何运用无痛注射技术？

4. 请说出皮内试验的常用部位，操作时应该注意哪些问题？

【问答题】

病人张某，因肺部感染需注射青霉素，皮试阴性，用药后突然出现呼吸困难、发绀。查体：脉细弱，血压下降，呼之不应。

问：(1)该病人出现了何种反应？

(2)应如何抢救该病人？

(3)如何预防该种反应的发生？

八、吸氧法、吸痰法测试题

【选择题】

1. 最适宜婴幼儿给氧的方法：

A. 面罩式　　B. 头罩式

C. 鼻塞法　　D. 单侧鼻导管法

E. 双侧鼻导管法

2. 用鼻导管持续给氧者，更换鼻导管应：

A. 1 日 1 次　　B. 1 日 2 次

C. 2 日 1 次　　D. 1 周 1 次

E. 1 日 3 次

3. 使用鼻导管给氧时，下列哪项是错误的：

A. 插导管前用湿棉签清洁鼻孔

B. 鼻导管轻轻插至鼻咽部

C. 应用氧气时先调节流量

D. 中途改变流量时，先分离导管，后调流量

E. 停用氧气时，先关流量开关

4. 患者张某，肺气肿，吸氧后缺氧情况明显好转，遵医嘱停用氧气时应先：

A. 关总开关　　B. 关流量开关

C. 记录停氧时间　　D. 重开流量开关

E. 取下鼻导管

5. 长时间吸氧的病人宜采用：

A. 单侧鼻导管法　　B. 口罩法

C. 面罩法　　D. 漏斗法

E. 鼻塞法

6. 氧气筒内压力降到多少即不可使用：

A. $2kg/cm^2$　　B. $3kg/cm^2$

C. $5kg/cm^2$　　D. $8kg/cm^2$

E. $10kg/cm^2$

7. 单侧鼻导管给氧时，导管插入的长度：

A. 鼻尖至耳垂　　B. 鼻尖至耳垂 1/3

C. 鼻尖至耳垂 1/2　　D. 鼻尖至耳垂 2/3

E. 鼻尖至耳垂 2/5

8. 病人吸氧过程中需调节氧流量时，正确的做法是：

A. 先关总开关，再调节流量　　B. 先关流量表，再调节流量

C. 谨慎的直接调节流量　　D. 先拔出鼻导管，再调节流量

E. 先分离接管，再调节流量

9. 使用吸引器吸痰时，操作前应注意：

A. 检查电压、管道连接和吸引性能

B. 吸痰管要每日更换

C. 为小儿吸痰时负压要小

D. 储液瓶内的吸出液要及时倾倒

E. 连续使用电动吸引器的时间不应超过半小时

10. 下列错误的吸痰操作方法是：

A. 若口腔吸痰有困难可经由鼻腔吸痰　　B. 若需反复吸引，吸痰管要每日更换

C. 应观察吸痰前后呼吸频率的改变　　D. 严格无菌技术操作

E. 储液瓶内液体应及时倒掉

11. 为小儿吸痰时，负压不宜超过：

A. 13.3 kPa　　B. 20.0kPa

C. 40.0kPa　　D. 53.3 kPa

E. 60.0 kPa

12. 吸痰管进行气管内吸痰的方法是：

A. 自上而下抽吸　B. 自下而上反复抽吸

C. 左右旋转由下向上提吸　D. 上下移动导管进行抽吸

E. 固定于一处抽吸

13. 电动吸引器吸痰的原理是：

A. 负压原理　B. 虹吸原理

C. 电动原理　D. 空吸原理

E. 液体静压原理

【填空题】

1. 用氧时要注意安全，切实做好“四防”，即________、________、________、________。

2. 吸痰的原则是________、________，每次吸痰的时间不超过________。

【名词解释】

氧中毒：

【简答题】

给病人吸痰时，若痰液黏稠不易咳出应如何处理？

【问答题】

1. 患者，男性，65岁，因肺源性心脏病入院治疗。神志清楚，烦躁不安，呼吸困难，发绀明显，血气分析结果：氧分压5.53kPa，二氧化碳分压10.2kPa，问该病人应如何给氧？为什么？

2. 患者，男性，72岁，慢性肺源性心脏病，T38.2℃，P92/min，BP140/82mmHg，R32/min，口唇发绀，意识清醒，血气分析氧分压50 mmHg，二氧化碳分压70 mmHg。问：此病人属于何种缺氧类型？应采取何种给氧方法？为什么？给氧中应注意哪些问题？

九、静脉输液法测试题

【选择题】

1. 从早8时开始输液1 000ml，每分钟滴注60滴，其输完时间是：

A. 11时30分　B. 12时

C. 12时10分　D. 13时

E. 13时10分

2. 输液时，液体不滴，用手挤压近针头端橡胶管有阻力，松手后又无回血，可能会出现什么原因：

A. 针头滑出血管外　B. 针头阻塞

C. 压力过低　D. 静脉痉挛

E. 针头斜面紧贴血管壁

3. 静脉输液时不慎发生空气栓塞，致死的原因在于空气阻塞了：

A. 主动脉入口　B. 上腔静脉入口

C. 下腔静脉入口　D. 右心房室口

E. 肺动脉入口

4. 输液、输血发生空气栓塞时，应立刻协助病人采取：

A. 左侧卧位　　B. 右侧卧位
C. 头高足低位　　D. 半卧位
E. 平卧位

5. 对静脉炎患者的护理措施下列哪项错误：

A. 患肢制动　　B. 用红外线照射
C. 50%硫酸镁湿热敷　　D. 使用抗生素
E. 局部按摩

6. 输液时病人出现发冷、寒战和发热，持续高热达 40～41℃，并有恶心、呕吐、头痛等症状，此时病员出现下列哪种反应：

A. 发热反应　　B. 空气栓塞
C. 过敏反应　　D. 循环负荷过重
E. 静脉炎

7. 下列输液所致的发热反应的处理措施，哪一项是错误的：

A. 出现反应，立即停止输液　　B. 通知医生及时处理
C. 寒战者给予保温处理　　D. 高热者给予物理降温
E. 及时应用抗过敏药物

8. 造成茂菲管内液面自行下降的原因是：

A. 茂菲管有裂隙　　B. 病人肢体位置不当
C. 输液面压力过大　　D. 输液胶管太粗，滴速过快
E. 针头处漏水

9. 脑水肿病人静滴 20%甘露醇 250ml，要求在 25min 内输完，每分钟滴速应是：

A. 100 滴　　B. 150 滴
C. 160 滴　　D. 170 滴
E. 180 滴

10. 输液时，液体滴入不畅，局部肿胀，检查无回血，此时应：

A. 改变针头方向　　B. 提高输液瓶位置
C. 用注射器推注　　D. 局部热敷
E. 更换针头重新穿刺

11. 输液时如何处理因周围循环不良导致滴注不畅：

A. 提高输液瓶位置　　B. 加压输液
C. 局部热敷　　D. 适当更换肢体位置
E. 降低输液瓶位置

12. 50%葡萄糖注射液 40ml IV qd，执行时间是：

A. 每日上午 8 时　　B. 每日晚上 8 时
C. 隔日上午 8 时　　D. 隔日晚上 8 时
E. 每日中午 12 时

13. 输液过程中，病人突然出现呼吸困难、气促、咯血性泡沫痰的原因是：

A. 输入致热物质　　B. 输液速度过快

第三部分

护理基本技术实训项目测试题及答案

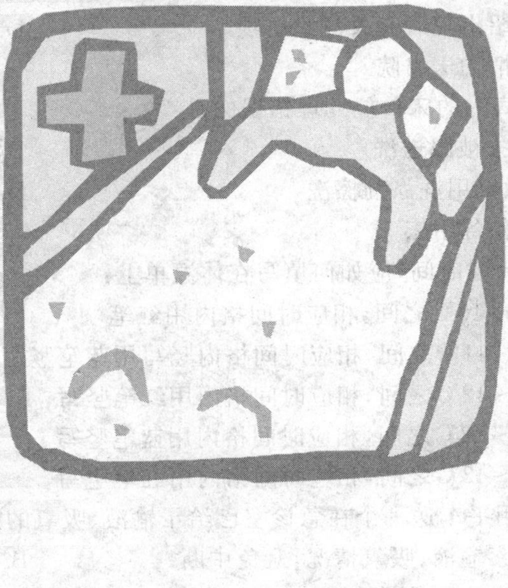

C. 输入药物浓度过高　　D. 输入空气栓子
E. 输入变质液体

14. 输液时病人出现发热反应，体温 40℃，正确处理方法是：
A. 继续输液，给予物理降温　　B. 继续输液，给予药物降温
C. 减慢滴速，给予物理降温　　D. 减慢滴速，给予药物降温
E. 停止输液，给予物理降温

15. 输液过程中，发现液体不滴，检查有回血的处理方法是：
A. 抬高输液架　　B. 挤压输液管
C. 用注射器推注　　D. 更换针头重新穿刺
E. 调整针头位置

16. 静脉输液时预防静脉炎发生的原则是：
A. 滴速不可太快　　B. 流量不要太多
C. 避免感染和减少对血管壁的刺激　　D. 输液前使用抗生素类药
E. 输液前使用抗组胺类药

17. 某病人，输液 30min 后畏寒发抖，测体温 39℃，下述哪项护理措施不妥：
A. 减慢滴速　　B. 通知医生
C. 物理降温　　D. 严密观察
E. 按医嘱给抗过敏药

18. 病人张某在输液过程中，突然出现呼吸困难、气促、咳嗽、咳泡沫血痰。此症状是输液引起：
A. 循环负荷过重　　B. 发热反应
C. 静脉炎　　D. 空气栓塞
E. 右侧心力衰竭

19. 病人在输液中突然诉说胸部异常不适，并出现呼吸困难、严重发绀，心前区可闻及一响亮持续的水泡音。护士应考虑：
A. 过敏反应　　B. 发热反应
C. 空气栓塞　　D. 肺水肿
E. 细菌污染反应

20. 患者，男性，75 岁，因慢性阻塞性肺气肿住院治疗。当日上午 9 时起开始静脉输入 5% 葡萄糖注射液 500ml 及 0.9% 氯化钠注射液 500ml，滴速为每分钟 70 滴。10 时左右，当护士来巡房时，发现病人咳嗽、咳粉红色泡沫样痰，呼吸急促，大汗淋漓。

(1)根据病人的临床表现，此病人可能出现了下列哪种情况：
A. 发热反应　　B. 过敏反应
C. 心脏负荷过重的反应　　D. 空气栓塞
E. 细菌污染反应

(2)护士立即应采取的措施是：
A. 立即通知医生　　B. 给病人吸氧
C. 安慰病人　　D. 立即停止输液
E. 协助病人取端坐卧位，两腿下垂

(3)为了减轻呼吸困难的症状,护士可采用:

A. 10%～20%乙醇湿化加压给氧
B. 20%～30%乙醇湿化加压给氧
C. 30%～40%乙醇湿化加压给氧
D. 40%～50%乙醇湿化加压给氧
E. 50%～70%乙醇湿化加压给氧

(4)为缓解症状,可协助病人采取下列哪种体位:

A. 仰卧,头偏向一侧,防止窒息
B. 左侧卧位,防止空气阻塞肺动脉口
C. 端坐位,两腿下垂,减少回心血量
D. 抬高床头 15～30cm,减少回心血量
E. 抬高床头 20°～30°,以利于呼吸

21. 患者,女性,27 岁,阑尾炎术后第 5 天,体温 36.8℃,切口无渗血渗液。当日上午 9 时许,继续静脉点滴青霉素,30min 后,病人突然寒战,继之高热,体温 40℃,并伴有头痛、恶心、呕吐。

(1)根据上述表现,判断此病人可能出现了哪种情况:

A. 发热反应
B. 过敏反应
C. 心脏负荷过重的反应
D. 空气栓塞
E. 细菌污染反应

(2)上述反应产生的主要原因可能是:

A. 溶液中含有对病人致敏的物质
B. 溶液中含有致热物质
C. 输液速度过快
D. 溶液温度过低
E. 病人是过敏体质

(3)下列处理哪一项是错误的:

A. 减慢输液速度
B. 立即停止输液
C. 物理降温
D. 给予抗过敏药物或激素治疗
E. 保留输液器具和溶液进行检测以查找原因

22. 输液速度的调节与下述哪些方面无关:

A. 病人的病情
B. 药液的刺激性
C. 病人的年龄
D. 药液的浓度
E. 输液量的多少

23. 以下哪些病人输液时速度宜快:

A. 年老体弱
B. 心肺疾病
C. 高血压病人
D. 静脉补钾
E. 严重脱水

24. 静脉输液引起发热反应的原因不包括:

A. 输入的药物不纯
B. 输液皮管包装不严
C. 输液用具消毒不彻底
D. 输入药液的刺激性过大
E. 橡胶管表面附着有硫化物

【填空题】

1. 输液滴速的调节是根据病人的________、________、________调节滴速,一般成人每分钟________,儿童每分钟________。对________、________、________患者输液速度宜慢。________、________良好者,速度可快。

2.颈外静脉在________和________中点连线之________处，在颈外静脉外缘做穿刺点。

3.股静脉穿刺在股动脉搏动内侧的________cm。

4.输液微粒易引起的并发症是________、________、________。

5.输液时发生空气栓塞，立即让病人采取的卧位是________，________，主要目的是为了防止________。

6.急性肺水肿患者用20%～30%乙醇湿化给氧的目的是________；加压给氧的目的是________。

【简答题】

1.何为输液微粒？在临床护理工作中如何防止输液微粒进入人体？

2.简述静脉输液的常见输液故障。

【问答题】

1.患者，男性，72岁，“慢性肺源性心脏病”，在输液中自行调节滴速，3h内输了1 000ml，继而出现了咳嗽，呼吸困难，并咳粉红色泡沫痰。根据以上资料，请你回答以下问题：

(1)病人出现什么反应？

(2)什么原因引起如何护理？

2.患者，女性，78岁，慢性肺心病，反复输液1周。发现局部注射部位有红、肿、热、痛。

(1)请问该病人出现何种输液反应？

(2)应该如何处理？

十、导尿术、灌肠术测试题

【选择题】

1.为女病人导尿操作哪项错误：

A.置病人于屈膝仰卧位　　B.脱下近侧裤褪盖到对侧腿上

C.初次外阴消毒顺序由外向内，自上而下　　D.插入导管深度4～6cm

E.第1次放尿不超过1 000ml

2.张女士，37岁，因“子宫肌瘤”入院，住3人病室，术前需插导尿管，病人有顾虑不配合，护士应：

A.尊重病人意见不插导尿管　　B.请家属协助说服

C.与医生联系，暂缓插管　　D.解释插管目的，置屏风遮挡

E.请同室病人离开再插管

3.陈女士，50岁，因脊髓损伤致尿失禁，给予留置导尿管7d，引流通畅，近日发现尿液色黄、浑浊，医嘱：抗感染治疗，护理方面关键应采取：

A.及时拔除导尿管　　B.更换导尿管每周1次

C.定期消毒尿道口　　D.定时更换卧位

E.鼓励病人多饮水，并进行膀胱冲洗

4.刘先生，64岁，患中毒性肺炎，昏迷，血压10/7.5kPa(75/56mmHg)，24h尿量约75ml，给予导尿管留置，其目的不包括：

A.监测膀胱的功能　　B.测量尿比重

C.观察病情　　D.记录尿量

E. 保持会阴部清洁干燥

5. 留置导尿管的护理哪项不妥：

A. 每日更换导尿管
B. 每日更换集尿袋
C. 每日 2 次消毒尿道口
D. 每日定时记录，倾倒尿液
E. 每周 1 次做尿常规检查

6. 下列疾病与尿色有关的配伍中正确的是：

A. 溶血反应——酱油色
B. 丝虫病——黄褐色
C. 黄疸、甲型肝炎——乳白色
D. 肾盂肾炎——咖啡色
E. 使用维生素 B_2 后——淡黄色

7. 膀胱刺激征的表现：

A. 尿急、腰痛、尿频
B. 尿频、尿急、尿痛
C. 尿频、尿急、尿多
D. 尿多、尿急、尿痛
E. 尿频、尿多、尿痛

8. 更换留置导尿管应：

A. 每日 1 次
B. 隔日 1 次
C. 每周 1 次
D. 每 2 周 1 次
E. 每周 2 次

9. 为男病人导尿时，为使尿道耻骨前弯消失，以顺利插入导尿管，应提起阴茎使其与腹壁成角的度数为：

A. 15°
B. 30°
C. 45°
D. 60°
E. 90°

10. 发生溶血反应时，尿液颜色呈：

A. 鲜红色
B. 乳白色
C. 黄褐色
D. 酱油色
E. 淡黄色

11. 尿液呈烂苹果样气味见于：

A. 泌尿道感染
B. 阻塞性胆管炎
C. 糖尿病酮症酸中毒
D. 有机磷农药中毒
E. 肝性脑病

12. 利用条件反射促进尿潴留病人排尿的措施是：

A. 耐心解释安慰
B. 用屏风遮挡
C. 助病人坐起解尿
D. 用温水冲洗会阴
E. 用热水袋敷下腹部

13. 盆腔器官手术前导尿的目的：

A. 放出尿液减轻病人痛苦
B. 收集尿培养标本
C. 保持会阴部清洁干燥
D. 排空膀胱，避免术后误伤
E. 测定膀胱压力和容量

14. 周先生患尿毒症，护士给予留置导尿 12h 后引流出尿液 180ml，以下哪项评估最能确定其目前的尿量状况：

A. 正常　B. 少尿　C. 无尿　D. 尿量偏少　E. 尿潴留

15. 为膀胱高度膨胀的病人导尿时，第 1 次放尿不能超过 1 000ml，其目的是为了防止：

A. 休克　B. 脑缺血　C. 血尿、虚脱　D. 胃扩张　E. 尿路感染

16. 不宜采用 0.1%肥皂液大量不保留灌肠的病例是：

A. 中暑时降温　B. 分娩前清洁肠道　C. 腹部术前肠道准备　D. 肝性脑病清除肠道有毒物质　E. 解除便秘

17. 腹泻病人的护理措施，下述哪项不妥：

A. 酌情给予流质或半流质　B. 嘱病人卧床休息　C. 观察记录粪便次数，性状　D. 做好肛周护理　E. 定时训练盆底肌运动

18. 配制“1、2、3”灌肠溶液，50%硫酸镁、甘油和温开水用量分别是：

A. 30ml、60ml、90ml　B. 90ml、30ml、60ml　C. 60ml、90ml、30ml　D. 30ml、90ml、60ml　E. 60ml、30ml、90ml

19. 小量不保留灌肠适用于：

A. 高热降温　B. 镇静催眠　C. 急腹症　D. 肠道 X 线检查　E. 老年性便秘

20. 不宜进行保留灌肠的病人是：

A. 忧郁失眠　B. 慢性痢疾　C. 高热惊厥　D. 慢性阿米巴痢疾　E. 痔疮术后第 1 天

21. 做肛管排气合适的插管深度和置管时间是：

A. 7～10cm，50min 左右　B. 10～12cm，40min 左右　C. 12～15cm，30min 左右　D. 15～18cm，20min 左右　E. 18～22cm，10min 左右

22. 为伤寒病人进行不保留灌肠液量和灌肠压力不宜超过：

A. 200ml，50cm　B. 300ml，30cm　C. 500ml，30cm　D. 800ml，20cm　E. 1 000ml，10cm

23. 粪便性状异常的描述哪项错误：

A. 上消化道出血呈柏油样便　B. 完全性胆道阻塞时粪便呈酱油色　C. 消化不良者粪便呈酸臭味　D. 痢疾病人解黏液血便

E. 肠套叠病人解果酱样便

24. 吴先生，46 岁，体温持续 40.5℃以上，医嘱给予生理盐水大量不保留灌肠、降温，下列哪项步骤错误：

A. 为病人置侧卧位　　B. 灌肠液 800ml，液温 28℃

C. 插管深度 7～10cm　　D. 液面距肛门 50cm

E. 嘱病人 10min 后排出液体

25. 灌肠过程中病人感觉腹胀有便意，处理方法是：

A. 拔出肛管，停止灌肠　　B. 降低灌肠筒，嘱病人深呼吸

C. 稍移动肛管，观察流速　　D. 加大灌肠压力，快速灌入

E. 挤捏肛管，嘱病人忍耐片刻

26. 高热病人大量不保留灌肠后，排便后测体温时间为：

A. 10min　　B. 40min

C. 20min　　D. 30min

E. 1h 以上

27. 李某，50 岁，慢性菌痢，用 1% 小檗碱灌肠，下述哪项不妥：

A. 晚上临睡前灌入　　B. 药量＜200ml

C. 病人取右侧卧位　　D. 肛管插入 12cm

E. 臀部抬高 10cm

28. 保留灌肠的溶液量不宜超过：

A. 50ml　　B. 100ml

C. 150ml　　D. 200ml

E. 250ml

【填空题】

1. 正常人一昼夜尿量约________ml，24h 尿量＞________ml 为多尿，24h 尿量＜________ml 或每小时尿量＜________ml 为少尿，24h 尿量＜________ml 为无尿。

2. 当病人膀胱高度膨胀时，第 1 次放尿不超过________ml，如大量放尿可导致________和________。

3. 指导尿失禁病人进行________锻炼可以逐步恢复排尿的控制能力。

4. 尿失禁分类________、________、________。

5. 为防止泌尿道逆行感染，更换集尿袋和引流管应________1 次，更换导尿管应________1 次，尿常规检查应________1 次。

6. 血红蛋白尿呈________色，胆红素尿呈________色。

7. 女性尿道长________cm，尿道外口位于________下方。男性尿道长________cm，有 2 个弯，即________和________，3 个狭窄即________、________和________。

8. 导尿时，男病人插管长度________，女病人插管长度________。

9. 便秘病人宜选择________食物，腹泻病人应酌情给予________饮食。

10. 肛管排气时肛管插入长度________，肛管保留的时间为________。

11. 上消化道出血时粪便呈________；下消化道出血粪便呈________。

12. 指导大便失禁病人进行了________锻炼可以逐步恢复排便的控制能力。

【名词解释】

1. 尿失禁：

2. 尿潴留：

3. 导尿术：

4. 便秘：

5. 腹泻：

【简答题】

1. 请说出导尿时的注意事项。

2. 如何防止留置导尿管病人引起泌尿系统逆行感染？

3. 请比较小量不保留灌肠和保留灌肠的区别点。

【问答题】

1. 患者陈某，女，45 岁，行胃大部分切除术后 8h 未排尿，主诉：下腹部剧烈胀痛，有尿意但排尿困难。检查：耻骨联合上膨隆，可触及一囊性包块。

(1)请列出护理问题与相关因素。

(2)你该做如何处理？

2. 患者张某，男，50 岁，在高温环境下工作 5h 后，感到全身软弱，乏力，头晕，头痛，出汗减少。检查：体温 41℃，面色潮红，脉搏 110/min，呼吸 24/min。诊断：轻度中暑。医嘱：大量不保留灌肠。请问：

(1)灌肠的目的是什么？

(2)可选用何种溶液？

(3)灌肠液的液量和温度为多少？

(4)灌肠时须注意哪些问题？

十一、冷、热疗法测试题

【选择题】

1. 昏迷病人用热疗时，温度不可过高是因为：

A. 病人对热的敏感性差　　B. 机体抵抗力低下

C. 血管反应敏感　　D. 局部循环不良

E. 热刺激可加重原发病

2. 下列哪种病人不宜热水坐浴：

A. 肛裂感染　　B. 外阴部充血

C. 痔疮手术后　　D. 急性盆腔炎

E. 会阴疾病

3. 可用热敷的病人是：

A. 胃出血　　B. 脑水肿

C. 妊娠晚期　　D. 腰肌劳损

E. 踝部急性扭伤

4. 足底禁忌用冷是为了防止：

A. 冻伤　　B. 心率减慢

C. 传导阻滞　　D. 一过性的冠状动脉收缩
E. 心律失常

5. 下列哪种病人禁用冷疗：
A. 急性踝关节扭伤　　B. 牙痛
C. 麻疹高热　　D. 扁桃体术后
E. 鼻出血

6. 高热病人乙醇拭浴后，体温降至多少度以下应取下头部冰袋：
A. 37.5℃　　B. 38℃
C. 38.5℃　　D. 39℃
E. 39.5℃

7. 面部危险三角区感染时禁忌用热，其原因是：
A. 易加重病人的疼痛　　B. 易加重局部出血
C. 易掩盖病情　　D. 易造成面部烫伤
E. 易导致颅内感染

8. 腹部禁用冷疗是为了防止：
A. 体温骤降　　B. 循环障碍
C. 腹泻　　D. 心律失常
E. 掩盖病情

9. 乙醇拭浴时，置冰袋于头部是为了：
A. 防止反射性心律失常　　B. 防止脑水肿
C. 防止头部充血　　D. 提高脑细胞对缺氧的耐受性
E. 有利于脑细胞功能的恢复

10. 影响热效的因素有哪些：
A. 用热方式　　B. 用热时间
C. 用热温度　　D. 用热面积
E. 以上都是

11. 禁忌冷疗的部位不包括：
A. 心前区　　B. 枕后、耳郭
C. 腹部　　D. 腘窝
E. 足底

12. 热水坐浴，最适合下列哪一种病人：
A. 痔疮手术后　　B. 急性盆腔炎
C. 妊娠晚期阴道炎　　D. 阴道出血
E. 经期

13. 红外线灯照射做局部热疗时，合适的时间和距离是：
A. 5～10min，10～20cm　　B. 5～10min，30～50cm
C. 5～10min，60～80cm　　D. 20～30min，30～50cm
E. 20～30min，60～80cm

14. 一位病人突然腹痛难忍，面色苍白，大汗淋漓，值班护士不应采取的措施是：

A. 立即通知医生　　B. 询问病史
C. 即刻腹部置热水袋缓解疼痛　　D. 测生命体征
E. 安慰病人

15. 一位中学生体育课上不慎致踝部扭伤，当即来院急诊，护士的正确处理是：
A. 热敷　　B. 冷敷
C. 冷、热敷交替　　D. 热水足浴
E. 按摩推拿

16. 方某，男，30岁，发热待查入院，病人面色潮红、皮肤灼热，体温39.8℃，拟行乙醇拭浴降温，乙醇拭浴降温法常用的乙醇浓度为：
A. 10%～20%　　B. 25%～35%
C. 40%～50%　　D. 55%～65%
E. 70%～80%

17. 乙醇拭浴正确的做法是：
A. 置热水袋于头部，置冰袋于足底　　B. 乙醇温度为30℃
C. 拭浴时应摩擦皮肤以利散热　　D. 胸腹、足心应延长拭浴时间
E. 病人发生寒战时应加快操作

18. 观察降温效果，为病人测体温应在拭浴后：
A. 10min　　B. 15min
C. 20min　　D. 30min
E. 1h

19. 关于冰袋的使用正确的是：
A. 冰袋应尽量装满
B. 高热降温时冰袋可置于前额、头顶和枕后部
C. 扁桃体摘除术后为预防出血，冰袋应置于体表大血管处
D. 应随时观察用冷部位的血液循环情况
E. 高热降温时，当体温降到37℃时，即可取下冰袋

20. 冷热疗法需反复使用时，中间必须间隔至少：
A. 20min　　B. 30min
C. 1h　　D. 12h
E. 24h

21. 乙醇拭浴禁擦足底是为了防止：
A. 血压下降　　B. 发生寒战
C. 反射性地引起一过性冠状动脉收缩　　D. 体温骤降
E. 呼吸不畅

【填空题】

1. 使用热水袋的过程中，如发现局部皮肤潮红，应立即________，并在局部________，以保护皮肤。

2. 乙醇或温水拭浴是通过________和________而增加机体散热，用于________的降温。

3. 请说出热疗的禁忌证：①________②________③________④________。

4.红外线灯照射面颈、前胸部时,应用________遮盖眼部或戴________,以保护眼睛。

5.腰肌劳损用________疗法,牙龈出血用________疗法,踝关节急性扭伤12h用________疗法。

【名词解释】

继发效应:

【简答题】

1.为什么危险三角区不能热敷?

2.患儿,男性,12岁,来院急诊见:神志清,面色潮红,皮肤灼热。查体温:40℃,脉搏:120/min,呼吸:30/min。医嘱立即进行乙醇拭浴降温,请问在操作时应注意哪些事项?

十二、血液标本采集法测试题

【选择题】

1.亚急性细菌性心内膜炎血培养标本应取血:

A. 1～2ml　　B. 1～5ml

C. 5～8ml　　D. 5～10ml

E. 10～15ml

2.采集血培养标本最适宜的时间是:

A.发热时,抗生素应用前　　B.发热时,抗生素应用后

C.发热后,抗生素应用前　　D.发热前,抗生素应用前

E.发热前,抗生素应用后

3.同时抽取几个项目的血标本,应先注入的是:

A.肝功能　　B.血糖

C.血培养　　D.血电解质

E.血常规

4.一般血培养标本的采血量为:

A. 2ml　　B. 5ml

C. 8ml　　D. 10ml

E. 15ml

【填空题】

静脉血标本包括________、________、________,做生化检验的血标本应在________时采集。

十三、尸体护理法测试题

【选择题】

1.临床死亡的指征不包括:

A.呼吸停止　　B.心跳停止

C.出现尸冷　　D.反射性反应消失

E.瞳孔散大、固定

2.不属于濒死病人的临床表现是:

A. 循环衰竭　　B. 呼吸衰竭
C. 嗜睡　　D. 肌肉震颤
E. 各种深浅反射逐渐消失

3. 病人死亡后的处理，不妥的一项是：
A. 停止一切医嘱
B. 整理病案
C. 在体温单 40～41℃之间用蓝笔写死亡时间
D. 按出院手续办理结账
E. 遗物清点并交给病人家属

4. 进行尸体护理，不妥的措施：
A. 放低头部　　B. 合上眼睑
C. 必要时用绷带托扶下颌　　D. 填塞孔道
E. 擦净尸体

5. 尸体护理目的不包括：
A. 使尸体清洁　　B. 便于尸体鉴别
C. 利于尸体保存　　D. 使尸体姿势良好
E. 使尸体无渗液

6. 临终病人经历的心理反应第四期是：
A. 愤怒期　　B. 否认期
C. 忧郁期　　D. 协议期
E. 接受期

7. 目前医学界主张的死亡诊断依据是：
A. 心跳停止　　B. 呼吸停止
C. 脑死亡　　D. 反射消失
E. 瞳孔散大

8. 临终病人最后消失的感知觉是：
A. 味觉　　B. 嗅觉
C. 视觉　　D. 听觉
E. 触觉

9. 大脑出现不可逆变化的阶段是：
A. 濒死期　　B. 临床死亡期
C. 生物学死亡期　　D. 临终状态
E. 以上都不是

【填空题】

1. 临床死亡期的特征是________、________、________。
2. 脑死亡的四个诊断标准是________、________、________、________。
3. 死亡可以分为三期，即________、________、________。
4. 临终病人心理反应分期包括________、________、________、________、________。
5. 临床死亡的判断指标是________、________、________、________。

6. 尸体护理的目的是________、________。

【名词解释】

1. 濒死：

2. 临终关怀：

【简答题】

对临终病人的愤怒期护士应如何处理？

第2单元　实训项目测试题答案

一、铺床法护理测试题答案

【选择题】

1.D　2.B　3.C　4.B　5.C　6.C　7.A　8.A　9.A　10.C　11.E　12.B　13.A　14.D　15.C

【填空题】

1.特级护理　一级护理　二级护理　三级护理

2.危重病房　隔离病房

【简答题】

答:①便于接收和护理麻醉手术后的病人。②保护被褥不被血液或呕吐物污染。③使病人安全、舒适,预防并发症。

【问答题】

答:

1.准备工作

(1)安排床单位:尽量安置在靠近护理站的危重病室或抢救室。病床加铺中单。

(2)备好急救药品及器材:如氧气、吸引器、输液用具、急救车等。通知有关医生,做好抢救准备。

2.接待病人

(1)患者入病区后,和护送人员交接患者的病情、治疗情况及有关物品等。密切观察病情变化,积极配合医生进行抢救,做好护理记录。

(2)需暂留家属或护送者,以询问病史等有关情况。

(3)与病人良好沟通。

(4)满足其了解疾病知识的需求,消除疑虑,增强信心,保持良好的心境,以达到医护与患者的共同目标。

(5)满足病人被尊重、接纳的需要。

二、清洁护理测试题答案

【选择题】

1.B　2.A　3.A　4.D　5.C　6.B　7.C　8.C　9.A　10.C　11.C　12.D　13.D　14.D　15.D　16.A

【填空题】

1.清水、冷开水

2.漱口、臼齿

3.0.1%醋酸溶液　1%～3%过氧化氢　1%～4%碳酸氢钠

4.拖、推、拉　移至近侧　协调一致

5.勤观察　勤翻身　勤擦洗　勤按摩

6.压力　摩擦力　剪切力

7.防止局部受压　促进血液循环　增进营养

【名词解释】

压疮：由于局部组织长期受压，发生持续缺血、缺氧、营养不良而致组织溃烂坏死。又称压力性溃疡。

【简答题】

答：

(1)禁忌漱口。

(2)需用张口器时应从臼齿处放入。

(3)每次只能夹取一个棉球，且不能过湿，不能把棉球遗漏在病人口腔内。

(4)若有义齿，应帮助取下，用冷水冲洗后当于清水或冷开水中保存。

【问答题】

答：

(1)是第二期即炎性浸润期。

(2)处理：①去除致病因素，防止继续受压受潮等。②对未破的小水疱要减少摩擦，防止破裂感染，让其自行吸收。③如果有大水疱，则用无菌注射器抽出疱内液体，表面涂消毒液，再用无菌敷料包扎。

三、无菌、隔离技术操作测试题答案

【选择题】

1.D　2.D　3.D　4.A　5.A　6.B　7.D　8.D　9. B　10.A

【填空题】

1.污染区　半污染区　清洁区

2.1/2～2/3

3.感染　医院内感染

4.扣袖扣

【名词解释】

1.在医疗、护理操作中，防止一切微生物侵入人体和防止无菌物品、无菌区域被污染的操作技术。

2.凡有可能被病原微生物污染的区域。如医护办公室、治疗室等。

3.将传染源传播者(传染病人和带菌者)和高度易感人群安置在指定地点和特殊环境中，暂时避免和周围人群接触，对前者采取传染源隔离，防止传染病病原体向外传播，对后者采取保护性隔离，保护高度易感人群免受感染。

【简答题】

答：

(1)操作环境应清洁、宽敞，操作前半小时停止打扫地面更换床单，减少人员走动，避免尘埃飞扬。

(2)工作人员戴好帽子口罩，修剪指甲并洗手，必要时穿无菌衣、戴无菌手套。

(3)无菌物品和非无菌物品分开放置，并有明显标志；无菌物品不可暴露于空气中应放于无菌包或无菌窗口中；无菌包外须标明物品名称、灭菌日期，物品按失效先后顺序摆放，无菌包的有效期一般为7d，过期或受潮应重新灭菌。

(4)进行无菌操作时，应首先明确无菌区和非无菌区。

(5)进行无菌操作时，操作者身体与无菌区保持一定距离；取入无菌物品应面向无菌区；取用无菌物品应作用无菌持物钳；手臂保持在腰部水平或治疗台布面以上，不可跨越无菌区，也不可触及无菌物品；无菌物品一经取出，如未使用，不可放回无菌容器内；避免面对无菌区大笑、咳嗽、打喷嚏；如用物疑有或已被污染，应给予更换并重新灭菌；非无菌物品应远离无菌区。

(6)一套无菌物品只供一位患者使用，以防交叉感染。

四、生命体征测量法测试题答案

【选择题】

1.C　2.C　3.A　4.A　5.A　6.C　7.D　8.A　9.D　10.C　11.C　12.E　13.D　14.D　15.D　16.B　17.B　18.E　19.C　20.E　21.C

【填空题】

1.37.3～38℃　38.1～39℃　39.1～41℃　41℃以上

2.流行性感冒　肿瘤发热

3.高热　正常体温

4.下丘脑

5.间歇脉　脉搏短绌

6.心脏　第四肋软骨　腋中线水平

7.定时间　定部位　定体位　定血压计

8.偏高　偏高

【名词解释】

1.体温持续在39～40℃达数日或数周，24h波动范围不超过1℃。见于急性传染病如伤寒等。

2.高热与正常体温交替有规律地反复出现，间歇为数小时、1d、2d等，常见于疟疾。

3.体温在39℃以上，但波动幅度大，24h温差在1℃以上，最低体温仍高于正常水平。常见于败血症等。

4.在同一单位时间内脉率少于心率，脉搏细速、极不规则，心律完全不规则，心率快慢不一，心音强弱不等。见于房颤病人。

5.在一系列正常均匀的脉搏中出现一次提前而较弱的脉搏，其后有一较正常延长的间歇。又称期前收缩(过早搏动)。

6.是一种周期性的呼吸困难。周期为30～120s。特点：开始呼吸浅慢，以后逐渐加快，高潮后又逐渐变慢，然后暂停5～10s之后又出现上述状态的呼吸，如此周而复始，呼吸运动如潮水起伏般变化。

7.表现为呼吸与呼吸暂停现象交替出现。特点：有规律地呼吸几次后突然停止呼吸，间隔短时间后又开始呼吸，如此周而复始。

8.指呼吸频率、节律和深浅度的异常。

【简答题】

1. 答:

(1)做好心理护理,多倾听病人的主诉,消除病人的焦虑情绪。

(2)密切观察体温,应每 4 小时测体温 1 次,同时注意其他生命体征的变化及神志、尿量等,发现异常及时汇报医生。

(3)做好降温护理:解热药物的应用要根据医嘱。还应予以物理降温,是前额放冰袋,乙醇拭浴。物理降温后 30min,须再测体温并记录,根据体温决定是否继续降温。

(4)补充营养与水分:病情允许应鼓励病人进食高热量、高维生素、易消化的流质,多喝开水,必要时静脉补液。

(5)做好口腔与皮肤护理:口唇干燥应涂以液状石蜡;皮肤出汗应及时擦干换衣,并注意保暖。

(6)嘱病人卧床休息以减少体力的消耗,调节好室内空气与温湿度。

2.答:

(1)患者的年龄、性别,精神状态,测量血压的时间、环境、部位等。

(2)血压计因素:如袖带的宽窄,血压计有无漏气,汞液量是否足够等。

(3)测量血压的操作方法中的因素:如袖带缠得紧松;血压计、肱动脉与心脏是否在同一平面;偏瘫者是否测量健侧;重复测量时是否稍待片刻,是否让汞柱降到零等。

五、鼻饲法测试题答案

【选择题】

1.A　2.B　3.B　4.E　5.D　6.A　7.E　8.C　9.D　10.C

【填空题】

1.环状软骨水平、气管分叉处、食管通过膈肌处

2.34～36℃　40～60　150

3.15～20　14～16　45～55

4.研碎　溶解

5.去枕头后仰　15

6.抽胃液　听气过水声　看气泡

【简答题】

1.答:

(1)流泪:变换方向,向下插管。

(2)呛咳、发绀、呼吸患难:立即拔管,休息片刻。

(3)恶心,呕吐:暂停插管,嘱病人做深呼吸。

(4)有阻力:回拉一段,重新插入。

(5)盘于口腔:回拉一段,继续插入。

2.答:证实胃管在胃内的方法有 3 种。

(1)接注射器抽吸,能吸出胃液。

(2)将胃管末端放入盛水碗内,无气体逸出。

(3)置听诊器于胃部,用注射器快速从胃管内注入 10ml 空气,能听到气过水声。

六、洗胃法测试题答案

【选择题】

1.D　2.E　3.A　4.E　5.A　6.D　7.A　8.B　9.B　10.C　11.D　12.D　13.C　14.A　15.B　16.A　17.C　D

【填空题】

1.胃黏膜出血　窒息　急性胃扩张/腹痛/休克

2.饭后 4～6h　空腹

3.温开水或生理盐水　洗胃

【简答题】

答：

(1)洗胃。

(2)1∶15 000 的高锰酸钾。

(3)根据毒物性质正确选择洗胃液；洗胃液量为 300～500ml；洗胃过程中密切观察病人；电动吸引器洗胃时，负压保持在 13.3kPa 左右。

七、给药法测试题答案

【选择题】

1.A　2.C　3.C　4.D　5.B　6.D　7.B　8.E　9.B　10.A　11.A　12.C　13.E　14.E　15.E　16.B　17.C　18.C　19.D　20.C　21.D　22.A　23.D

【填空题】

1. 氯化钙/葡萄糖酸钙　盐酸肾上腺素

2. 避免效价降低　防止药液产生致敏物质

3. 操作前查　操作中查　操作后查　床号　姓名　药名　浓度　剂量　方法　时间　用药后的疗效　不良反应

4. 臀裂顶点　水平线　髂嵴　垂直平分线　外上

5. 先下后上　远端　近端

6. 2500U　150U　2.5　0.75mg

【名词解释】

1. 取髂前上棘和尾骨联线的外上 1/3 处为注射部位。

2. 臀裂顶点向左或右画一水平线，从髂嵴最高点做一垂直平分线，将臀部分为 4 个象限，其外上象限并避开内角(从髂后上棘至大转子连线)即为注射区。

【简答题】

1.答：将 TAT 抗毒素血清分 4 次注射，每隔 20 分钟注射 1 次，如下表。

次数	抗毒血清(ml)	生理盐水(ml)	注射法
1	0.1	0.9	肌内
2	0.2	0.8	肌内
3	0.3	0.7	肌内
4	余量(0.4)	0.6	肌内

2. 答：

(1)根据医嘱给药。

(2)严格执行查对制度：三查七对。

(3)严格执行操作规程。

(4)观察反应用药后反应。

3. 答：

(1)解除病员思想顾虑，分散注意力。

(2)取合适体位，使肌肉松弛。

(3)注射时做到二快一慢，即进针和拔针要快，推药液要慢。

(4)对刺激性强的药物，针头宜粗长些，且进针要深。

(5)如果同时注射几种药物，应先注射无刺激性的，再注射刺激性强的药物，推药速度宜更慢。

4. 答：

(1)常用部位为前臂掌侧下 1/3 偏内侧。

(2)操作时应该注意以下问题：

①操作前询问过敏史，药物过敏史、食物过敏史、家族过敏史等。

②禁用含碘消毒剂消毒局部皮肤。

③进针角度为<5°。

④进针后要换手：左手按压针栓，右手推药液。

⑤不需抽回血，推药液量为 0.1ml。

⑥注射完要嘱咐病人：不能按压注射部位；静坐 20min；有不舒适及时告知医护人员。

【问答题】

(1)答：过敏性休克。

(2)答：①立即停药，平卧，就地抢救。

②立即给皮下注射 0.1%的盐酸肾上腺素 0.5～1ml，病儿酌减，如症状不缓解，可每隔半小时再皮下或静脉注射 0.5ml，直至脱危。

③给予吸氧，如呼吸受抑制时，应立即进行口对口人工呼吸。喉头水肿时，做好气管切开的准备。

④根据医嘱给予氢化可的松或地塞米松静脉滴注。

⑤纠正酸中毒和使用抗组胺类的药物。

⑥严密观察生命体征、尿量及其他临床变化、注意保暖，做好记录，不宜随意搬运病人，直到脱离危险。

(3)答：①用药前详细询问用药史、过敏史和家族史，对有青霉素过敏史者禁止做过敏试验。对已接受青霉素治疗的患者，停药 3d 后再用此药，或中途更换药物批号，须重新做过敏试验。②做过敏试验和用药过程中，严密观察患者反应，并备好急救药品。首次注射青霉素者需观察 30min。③青霉素应现配现用。

八、吸氧法、吸痰法测试题答案

【选择题】

1. B　2. A　3. E　4. E　5. E　6. C　7. D　8. E　9. A　10. B　11. C　12. C　13. A

【填空题】

1.防火 防震 防油 防热

2.自下而上 左右旋转 155

【名词解释】

氧中毒：当吸入氧浓度高于60%，持续时间超过24h，容易造成肺实质性损害，吸入气中的氧分压越高，氧的毒性作用越大。主要表现为胸骨下不适，疼痛，灼热感，继而出现呼吸增快，恶心、呕吐、干咳等。

【简答题】

答：①若病人痰液黏稠不易咳出时，可做体位引流并叩拍胸背，以振动痰液并利用重力作用使痰液流出；②还可利用超声波雾化吸入或缓慢滴入生理盐水、化痰药物等方法，使痰液稀释，便于吸出。

【问答题】

1.答：

(1)缺氧和二氧化碳潴留同时存在的病人应低流量、低浓度持续给氧为宜。

(2)因慢性缺氧病人长期二氧化碳分压高，其呼吸主要依靠缺氧刺激颈动脉体和主动脉体的化学感受器，沿神经上传至呼吸中枢，反射性地引起呼吸。若高浓度给氧，则缺氧反射呼吸的作用消失，导致呼吸抑制，二氧化碳潴留更为严重，可发生二氧化碳麻醉，甚至呼吸停止。

2.答：

(1)低张性缺氧。

(2)低浓度低流量给氧。

(3)Ⅱ型呼吸衰竭者，由于 $PaCO_2$ 长期处于高水平，呼吸中枢失去了对二氧化碳的敏感性，呼吸的调节主要依靠缺氧对周围化学感受器的刺激来维持，吸入高浓度氧，解除缺氧对呼吸的刺激作用，使呼吸中枢抑制加重，甚至呼吸停止。

(4)①注意用氧安全：四防"防震、防油、防火、放热"；②保持导管通畅，每天更换鼻导管，换插鼻孔，湿化瓶内的水每日更换；③注意观察患者情况；④使用氧气时，先调节流量而后应用，停用时，先拔管，再关闭，中途改变流量，先分离，调节后再接上；⑤氧气筒上分别悬挂满或空的标志，压力<0.5MPa时不可再用。

九、静脉输液法测试题答案

【选择题】

1.C 2.B 3.E 4.A 5.E 6.A 7.A 8.A 9.B 10.E 11.C 12.A 13.B 14.E 15.E 16.C 17.C 18.A 19.C 20.C D B C 21.A B A 22.E 23.E 24.D

【填空题】

1.年龄 病情 药物性质 40～60滴 20～40滴 年老体弱 婴幼儿 心肺疾病 脱水严重 心肺功能

2.下颌角 锁骨上缘 上1/3

3.0.5

4.直接堵塞血管 形成血栓 形成肺内肉芽肿

5.左侧 头低足高 气泡阻塞肺动脉入口

6.降低肺泡内泡沫的表面张力　减少肺泡内毛细血管渗出液的产生

【简答题】

1.答：

(1)是指输入液体中含有的非代谢性颗粒杂质，其直径一般为1～15μm。

(2)①尽量采用密闭式一次性的输液器；②输液前认真检查质量；③操作环境保持洁净；④输液器通气管末端放置空气滤膜；⑤严格无菌操作，药液现配现用。

2.答：常见的输液故障有以下几种。

(1)溶液不滴：①针头滑出血管外；②针头斜面紧贴血管壁；③压力过低；④针头阻塞；⑤静脉痉挛。

(2)茂菲滴管内液面过高。

(3)茂菲滴管内液面过低。

(4)输液过程中，茂菲滴管内液面自行下降。

【问答题】

1.答：

(1)出现循环负荷过重反应。

(2)因为该病人本身患有“慢性肺源性心脏病”，心肺功能差，短时间内输入大量液体，导致心脏负荷增加，循环容量急剧增加。因此会出现急性的肺水肿。

(3)护理措施为：①在输液过程中，根据病情严格掌握滴速和输液的总量；②应立即停止输液，并通知医生；③采取半坐位或端坐位、两腿下垂；④加压给氧，使氧气通过20%～30%酒精后吸入；⑤根据医嘱给予镇静药、血管扩张药、强心药；⑥必要时进行四肢轮扎。

2.答：

(1)出现了静脉炎。可能于长期输注高浓度药液或操作中未严格执行无菌操作有关。

(2)采取的处理方法：①停止在此静脉输液，抬高患肢、制动。局部用50%硫酸镁溶液湿热敷；②超短波理疗；③中药治疗：如意金黄散加醋调成糊状，局部外敷；④给予抗生素治疗；⑤严格无菌操作，对血管有刺激性的药物充分稀释后应用，速度宜慢；⑥有计划更换输液部位，保护静脉。

十、导尿术、灌肠术测试题答案

【选择题】

1.B　2.D　3.E　4.A　5.A　6.A　7.B　8.C　9.D　10.D　11.C　12.D　13.D　14.B　15.C　16.D　17.E　18.A　19.E　20.E　21.D　22.C　23.B　24.E　25.B　26.B　27.C　28.D

【填空题】

1.1 000～2 000　2 500　400　17　100

2.1 000　虚脱　血尿

3.进行盆底肌收缩运动

4.真性尿失禁　假性尿失禁　压力性尿失禁

5.每日　每周　每周

6.酱油　黄褐

7.3～5　阴蒂　18～20　耻骨前弯　耻骨下弯　尿道内口　膜部　尿道外口

8.20～22　4～6

9.膳食纤维多　清淡流质或半流质

10.15～18cm　<20min

11.柏油样　暗红色

12.进行盆底肌收缩运动

【名词解释】

1.排尿失去意识控制或不受意识控制，尿液不自主地流出。

2.尿液大量存留在膀胱内而不能自主排出。

3.是指在严格无菌操作下，用导管经尿道插入膀胱引流尿液的方法。

4.指正常的排便形态改变，排便次数减少，排出过干过硬的粪便，且排便不畅、困难。

5.指正常排便型态改变，频繁排出松散稀薄的粪便甚至水样便。

【简答题】

1.答：

(1)用物必须严格灭菌，按无菌操作进行，预防泌尿系统感染。

(2)耐心解释，保护病人自尊，操作环境要遮挡。

(3)为女病人导尿时，如导尿管误入阴道，应立即换管重新插入。

(4)选择光滑和粗细适应的导尿管，插管时动作要轻柔，避免损伤尿道黏膜。

(5)对膀胱高度膨胀且又极度虚弱的病人，第 1 次放尿不应超过 1 000ml。因为大量放尿，使腹腔内压力突然降低，血液大量滞留腹腔血管内，导致血压下降而虚脱；又因为膀胱内突然减压，引起黏膜急剧充血发生血尿。

2.答：防止逆行感染须做以下几项。

(1)保持尿道口清洁，每天会阴护理。

(2)每日更换尿袋、每周更换尿管。

(3)多饮水，适当活动。

(4)引流袋不可高于膀胱，避免挤压。

(5)遵医嘱使用抗生素。

3.答：见下表。

区别内容	小量不保留灌肠	保留灌肠
目的	解除便秘、缓解肠胀气，适用于腹、盆腔手术后及危重、老弱病人	镇静、催眠、治疗肠道感染
灌肠溶液	1、2、3 溶液，油剂	10％水化氯醛、2％小檗碱、0.5～0.1％新霉素
溶液量	<200ml	<200ml
溶液温度	38℃	39～41℃
卧位	左侧或平卧	依据病情而定
插管深度	7～10cm	10～15cm
压力(液面距肛门)	<30cm	<30cm
溶液保留时间	10～20min	1h 以上

【问答题】

1.答：

(1)护理问题：尿潴留，与手术用麻醉药有关。

(2)作如下处理。

①心理护理：针对病人的心态给予解释和安慰，以缓解其窘迫及焦虑不安。

②提供排尿的环境：挂床帘或用屏风遮挡，以达到视觉隐蔽；适当调整治疗时间，使病人安心排尿。

③调整体位和姿势：酌情为卧床病人略抬高上身或扶助病人坐起，尽量以习惯姿势排尿。对需绝对卧床或某些手术病人，应事先有计划地训练床上排尿，以免因排尿姿势改变而导致尿潴留。

④热敷、按摩下腹部，以放松肌肉，促进排尿。

⑤利用条件反射诱尿，如让病人听流水声，或用温开水冲洗会阴部。

⑥根据医嘱给予肌内注射卡巴胆碱，或采用针灸治疗。

⑦经上述处理无效时，根据医嘱采取导尿术。

2.答：

(1)灌肠的目的是降温、减轻中暑症状。

(2)可选用等渗盐水。

(3)液量为500～1 000ml，温度为4℃。

(4)灌肠时须注意：①随时观察病情，发现脉速、面色苍白、出冷汗、腹痛、心慌气促等，应停止灌肠，并和医生联系。②掌握溶液的温度、浓度、流速、压力和溶液的量，灌肠中患者出现腹胀或便意时，嘱做深呼吸及降低灌肠筒的位置，或暂停片刻以减轻腹压，和患者交谈，分散其注意力。③嘱患者灌肠后，不要立即排便，使液体保留30min以上再排出。排便后，隔30min测量体温与前次体温对照并做好记录，如体温未降，应及时与医生联系。④做好心理护理。

十一、冷、热疗法测试题答案

【选择题】

1.A　2.D　3.D　4.D　5.C　6.D　7.E　8.C　9.C　10.E　11.D　12.A　13.D　14.C　15.B　16.B　17.B　18.D　19.D　20.C　21.C

【填空题】

1.停止使用　涂凡士林

2.蒸发　传导　高热病人

3.急腹症诊断未明　面部危险三角区　各种脏器内出血　软组织损伤早期

4.湿纱布　有色眼镜

5.热　冷　冷

【名词解释】

答：用冷或用热超过一定时间，将产生与生理效应相反的作用，是机体避免长期用热或冷对组织的损伤而引起的防御反应。

【简答题】

1.答：该处血管丰富，且面部静脉无静脉瓣，有于颅内海绵窦相通，热疗可使血管扩张，血流增多，导致细菌和毒素进入血液循环，促进炎症扩散，造成严重的颅内感染和败血症。

2.答：

(1)乙醇温度应接近体温，避免过冷的刺激使大脑皮质更加兴奋，进一步促使横纹肌收缩，致使体温继续上升。

(2)拭浴时，以拍拭方式进行，不用摩擦方式，因摩擦易生热。在拭腋窝、腹股沟、腘窝等血管丰富处，应适当延长时间，以利于增加散热。

(3)禁忌拍拭后项、胸前区、腹部和足底等处，以免引起不良反应。

(4)拭浴过程中，应随时观察病人情况，如出现寒战、面色苍白、脉搏及呼吸异常时，应立即停止，并及时与医生联系。

(5)拭浴后 30min 测量体温并记录，如体温已降至 39℃以下，即取下头部冰袋。

十二、血液标本采集法测试题答案

【选择题】

1. E　2. A　3. C　4. B

【填空题】

全血标本　血清标本　血培养标本　空腹

十三、尸体护理法测试题答案

【选择题】

1.C　2.D　3.C　4.A　5.C　6.C　7.C　8.D　9.C

【填空题】

1.心跳停止　呼吸停止　各种反射消失

2.不可逆的深度昏迷　自发呼吸停止　脑干发射消失　脑电波消失

3.濒死期　临床死亡期　生物学死亡期

4.否认期　愤怒期　协议期　忧郁期　接受期

5. 意识丧失　心跳　呼吸完全停止　瞳孔散大　各种反射消失

6. 维持良好的尸体外观，易于辨认　安慰家属，减轻哀痛

【名词解释】

1.又称临终状态，各种迹象显示生命即将终结，是生命活动的最后阶段。

2. 向临终患者及其家属提供一种全面的照料，包括生理、心理、社会等方面，使临终患者的生命得到尊重，症状得到控制，生命质量得到提高，家属的身心健康得到维护和增强，使患者在临终时能够无痛苦、安宁、舒适地走完人生的最后旅程。

【简答题】

答：①处于此期的病人常常表现为生气与激动，充满嫉妒与怨恨的心理；②护士切记病人的愤怒是发自内心的恐惧与绝望，不宜回避，应充分理解病人的痛苦，要尽量让病人表达其愤怒，以宣泄内心的不愉快；③护士要怀着一颗爱心，安抚、疏导病人，多陪伴病人，并注意保护其自尊心。

第四部分

护理综合素质与技术情景讨论和考核

一、护理程序

个案1

患者，男，75岁，因“反复咳嗽、咳痰30余年，再发伴咯血2d”收入呼吸内科，诊断为慢性支气管炎急性发作、Ⅱ型呼吸衰竭、肺性脑病、支气管扩张症、心律失常、房颤。入院后经抗感染、止血解痉等对症治疗后，咯血控制，但呼吸功能仍未改善。入院后第5天出现意识模糊、全身水肿明显，呼吸费力为求进一步诊治转入ICU治疗。患者入科后立即行气管插管予机械通气、抗感染、化痰、营养支持、维持内环境等治疗。请问：

1. 该病人有哪些护理问题？请陈述护理诊断？
2. 制订一个护理问题的计划和方案。

个案2

李先生，男，65岁，工人，大专文化，3d前因受凉、疲劳等原因而致发热、咳嗽，咳铁锈色痰，伴有气急，胸痛，住院治疗。护理检查：体温39.8℃，脉搏110/min，呼吸29/min；意识清，面颊潮红，球结膜充血，右侧呼吸音减弱，听诊有湿啰音，请问：

1. 评估的资料全吗？如不全请补充资料。
2. 根据以上资料，请作出2个以上的护理诊断，并作陈述。

3 制订护理计划。

个案3

患者，女，40岁，工人。洗澡时发现右侧乳房有小肿块，自觉无大碍。1个月后发现肿块变大，质硬，表面不光滑、外形不规则，与周围组织分界不清且不易推动，按压微痛，来院检查。查体：体温37℃，脉搏84/min，呼吸20/min，血压110/75mmHg。右侧乳房肿块，病人神志清，稍感不适，胃口稍变差。

实验室检查：心电图P波0.08s，P－R间期0.12s，心电轴无特殊。尿pH 6.5，尿胆原正常，粪便正常。活组织检查确诊为乳腺癌。

患者行右侧乳房切除术。术后1个月开始化疗，忍受化疗时的疼痛，食欲缺乏，头发脱落，抵抗力降低。自述2d恢复正常，心理社会状况欠佳，有一女，正在上学。担心经济来源盼早日康复。请问：

1. 该病人有哪些护理问题？请陈述护理诊断？
2. 制订一个护理问题的计划和方案。

个案4

患者，男，56岁，汉族，初中文化水平，2007年曾患急性肝炎，在某医院住院1个月进行保肝治疗，至肝功能3次正常后出院。近半年来常感全身乏力，食欲减退，右上腹不适，因1周前出差劳累后食欲缺乏更明显，有腹胀，失眠。5d前无明显诱因出现腹泻，水样便，自服小檗碱未见好转。2d后畏寒，发热，体温39.3℃左右。家属发现患者巩膜黄染，尿色加深。昨夜呕出咖啡样血水约800ml，今晨2时来医院急诊。另外，患者有高血压病史6年，平时服用苯磺酸氨氯地平降压，目前血压控制在130/90mmHg，房颤病史2年余。

体检：体温39.5℃，脉搏104/min，呼吸25/min，血压133/90mmHg；神志清，面色略苍白，巩膜黄染，右侧颈部可见一个蜘蛛痣，两手肝掌明显；肝肋下未触及，脾肋下可及；下肢凹陷性水肿(＋)，神经系统检查未见异常。

辅助检查：白细胞血小板计数减少，尿常规阴性，大便隐血试验(++)。请问：

1. 评估的资料全吗？如不全请补充资料。

2. 根据以上资料，请作出2个以上的护理诊断，并作陈述。

3. 制订护理计划。

个案5

患者，男性，21岁，学生。因咽痛，发热2周，眼睑及下肢水肿2d入院。2周前，因受凉后出现咽痛、咳嗽，并流涕伴发热，服用感冒通，头孢拉定胶囊等药物后，症状好转，仍有咽痛不适伴乏力，纳差。入院前2d，病人晨起发现眼睑明显水肿并伴双下肢轻度水肿，未予重视，次日出现尿色深红，呈酱油样色，尿量较平时也减少，约1 000ml/d。到医院检查，发现血压升高160/100mmHg，尿常规检查示红细胞满视野/HP，蛋白质+++。为进一步诊治，收入院。病人发病以来，常感乏力，近2d感恶心，头晕，视物模糊，并伴有腰区酸胀，小便量减少，大便尚正常。

既往体健，无遗传性及感染性疾病史，无疫水接触史，父母均健康。生活习惯与自理程度：无烟酒嗜好，生活能自理。

心理社会评估：病人受家长的情绪影响，心理紧张，对疾病的预后顾虑甚多。

身体评估：体温36.8℃ 脉搏76/min，呼吸20/min，血压160/100mmHg，面部明显水肿及双下肢轻度水肿，全身皮肤无皮疹，出血点。咽部充血扁桃体二度肿大，无脓性分泌物，微软。余无异常发现。

实验室检查。血常规：血红蛋白12g/L，白细胞计数6.0×10^9/L；尿常规：红细胞满视野/HP，蛋白质+++；血沉：50mm/h；咽拭子培养：溶血性链球菌阳性。心电图：正常。胸片：正常。

入院诊断：急性链球菌感染后肾小球肾炎。请问：

1. 根据以上资料，该病人有何护理问题，并作陈述。

2. 制订护理计划。

二、生活护理

个案1

病人钱某，60岁，因急性心肌梗死入院，医嘱给予绝对卧床休息，几小时后病人主诉两侧肩胛骨处麻木，无知觉，护理体检时发现有轻度红肿，请问：

1. 该病人发生何种并发症？

2. 其原因是什么？

3. 该如何护理？

操作考核项目：背部护理。

个案2

田某，女，30岁，诊断为血小板减少性紫癜，检查发现口腔黏膜有散在瘀点，轻触牙龈见出血，请问：

1. 护士应如何进行口腔护理？在口腔护理时应选用何种漱口液？

2. 口腔护理时应特别注意哪些内容？

操作考核项目：口腔护理。

三、舒适护理

个案1

患者，男性，62岁，农民，已婚，小学文化。患者2个月前无明显诱因下出现上腹部不适，加重半个月，有压痛，行胃镜检查，胃窦部癌，体检：全腹软，未及包块，剑突下有压痛，肝区无压痛，入院完善各项检查后，在全麻下行胃癌根治术治疗，术后予禁食，一级护理，胃肠减压，腹腔引流管1条，心电监护，留置导尿，吸氧，消炎，补液等治疗，请问：

1. 给病人翻身时应注意什么问题？

2. 术后取半卧位的临床意义是什么？

操作考核项目：卧有病人更换床单法、口腔护理。

个案2

患者，男性，78岁，因排尿困难，尿频约2年，加重伴尿失禁2d入院。入院体检：体温36℃，脉搏66/min，呼吸19/min，血压160/120mmHg。直肠指检：前列腺增大明显，中央沟消失，无触压痛。初步诊断：前列腺良性增生。患者于3月11日上午在硬麻下行经尿道病变膀胱黏膜电切术+经尿道前列腺电切术，请问：

1. 病人返回病房时，应准备何种床？

2. 操作中应注意什么问题？

操作考核项目：铺麻醉床、口腔护理、背部护理。

四、治疗护理

个案1

患者，女，72岁，因多饮、多食、多尿20余年，突发神志不清8h，收治入院，入院时大小便失禁，呼吸深快，口腔有烂苹果味，皮肤干燥，血压下降，给予吸氧，监测血糖为30mmol/L，建立2路静脉通道（一路补液，一路由静脉泵胰岛素维持），心电监护，留置导尿，观察生命体征，神志、瞳孔变化，每2小时监测血糖变化，抗炎、补液、降糖、纠正等对症治疗，请问：

1. 如果给病人输液，输液时应注意什么问题？

2. 如何给病人进行皮肤护理？

操作考核项目：静脉输液、留置导尿、皮下注射。

个案2

患者，男，87岁，农民，因反复咳嗽，咳痰40余年，再发半月收住入院。患者40年前无明显诱因下出现咳痰，痰为白色黏液痰，不易咳出，咳嗽呈阵发性，以晨起明显，稍活动即胸闷气促，无心悸、胸痛，无咯血，与“抗炎”治疗（具体不详）后好转，但上症反复发作，常于寒冷季节或天气变化时好发。半月前，上症再发，伴胸闷气促，不能平卧，活动后加剧，双下肢凹陷型水肿，3d前发热，体温达38.5℃，无畏寒，寒战，无咯血，无胸痛，来我院门诊就诊。门诊血常规：WBC11.3×10^9/L，NE80.6%，RBC4.28×10^9/L，HGB 132.0g/L。体检：体温37.5℃，脉搏90/min，呼吸21/min，血压120/65mmHg；神志清，精神欠佳，呼吸稍促，不能平卧，心率90/min，律齐，双下肢凹陷型水肿。诊断：慢性支气管炎急性发作，肺源性心脏病。医嘱：一级护理；病危；吸氧；低盐饮食；每4小时测血压1次；记录24h尿量；陪护1名；头孢西丁、可乐必妥注射针剂联合抗炎；氨茶碱注射针剂、茶碱缓释片解痉平喘；盐酸氨溴素口服液止咳化痰；氢氯噻嗪、螺内酯片口服利尿消肿治疗。请问：

1. 该病人属于哪种缺氧？吸氧效果如何？如何进行双侧鼻导管吸氧？

2. 给病人吸痰时应注意什么问题？

操作考核项目：皮内注射、吸痰法、吸氧法、肌内注射。

五、导管护理

个案1

患者，男，45 岁。因甲状腺功能亢进症收住普外科。经过积极的术前准备，于 2008 年 4 月 1 日在全麻下行“甲状腺大部分切除术”。医嘱予补液、抗炎、止血治疗及一级护理，禁食，吸氧、心电监护、床边备吸引器、备气切包、颈部引流、留置导尿等。请问：

1. 如何给病人吸氧？吸氧时应注意什么问题？

2. 如何给病人进行留置导尿？导尿时应该注意什么问题？

操作考核项目：吸氧、留置导尿。

个案2

患者 2h 前无明显诱因下突发跌倒，家属扶起后出现不能言语，右侧肢体活动障碍，伴恶心、呕吐 2 次，非喷射样，呕吐物为胃内容物，四肢抽搐，无大小便失禁，急送医院，头颅 CT 示：左侧基底节区出血。门诊以脑出血收入院。医嘱给予吸氧、心电监护、冰帽、留置导尿、留置胃管、脱水、健脑、止酸等对症治疗，请问：

1. 如何给病人鼻饲？

2. 鼻饲时应注意什么问题？

操作考核项目：鼻饲法、吸氧法、冰帽降温法。

六、危重病人护理

个案1

患者，女，23 岁，因车祸送入医院抢救，入院时血压 75/50mmHg，脉搏 138/min，呼吸 36/min。检查：面色苍白、全身多处淤血，头皮处也有一处肿块，仅在腹股沟处有一示指粗细的伤口，出血量不多，立即予以缝合，给予快速静脉滴注葡萄糖氯化钠注射液 1 000ml 及升压药、止血药后，腹部隆起，呼唤患者无反应，压迫眶上神经有痛觉反应，请问：

1. 该个案中还缺少哪些资料？

2. 对于这个病人观察的重点内容是什么？

3. 对于该病人该采取哪些护理措施？

操作考核项目：生命体征监测、瞳孔观察法、肌内注射。

个案2

患者，女性，50 岁，4h 前自己服下有机磷农药，剂量不详。此后，患者被家属发现，已昏迷，呼之不应，闻之呼吸有大蒜味，急呼 120 送入医院急诊科。到医院时血压偏低、皮肤潮湿、气促、深昏迷状态、瞳孔呈针尖样，请问：

1. 对于该病人病情观察应观察哪些内容？

2. 对于该病人首先应该采取怎样的急救措施？

操作考核项目：洗胃法、吸痰法、吸氧法、静脉注射。

参考文献

[1] 姚蕴伍.护理学基础.上海:同济大学出版社,2008.

[2] 崔　焱.护理学基础.北京:人民卫生出版社,2002.

[3] 马晓琴.护理学基础教程.杭州:浙江科学技术出版社,2007.

[4] 喻思红.护理技术.北京:高等教育出版社,2002.

[5] 章晓幸.护理学导论、常用护理技术.北京:高等教育出版社,2005.

[6] 唐维新.实用临床护理"三基".南京:东南大学出版社,2004.

[7] 全国卫生专业技术资格考试专家委员会.2010全国卫生专业技术资格考试指导、护理学(执业护士含护士).北京:人民卫生出版社,2010.